Ein Licht hinter der Tür
Eine Reiseerzählung aus dem Jenseits

Janka Jakobi

Für meine Mutter in Liebe und Dankbarkeit

Der Tod ist das Tor zum Leben

Bibliografische Information der Deutschen Nationalbibliothek: Die Deutsche Nationalbibliothek verzeichnet diese Publikation in der Deutschen Nationalbibliografie; detaillierte bibliografische Daten sind im Internet über dnb.d-nb.de abrufbar.

© 2015 Janka Jakobi 4.Auflage

Coverdesign: www.bodo-bertuleit.de
Herstellung und Verlag:
BoD - Books on Demand, Norderstedt
ISBN 9783732284702

Vorwort von Bernard Jakoby

Das Buch von Janka Jakobi »Ein Licht hinter der Tür - Eine Reiseerzählung aus dem Jenseits« habe ich mit großem Genuss und Gewinn an Einsichten über die andere Welt gelesen. Es gelingt der Autorin so glaubwürdig ein mögliches Jenseitsszenarium zu schildern, dass man beim Lesen das Gefühl hat, als hätte die Autorin höchstpersönlich diese Übergänge erlebt.

Das Buch ist als Roman verfasst, in dem die Autorin zunächst vom Sterben ihrer Mutter berichtet. Durch den Verlust ihrer Mutter befasste sie sich intensiv mit der Jenseitsthematik und verarbeitete ihre Erkenntnisse in ihrer Erzählung. Das Ganze liest sich wie ein Sachbuch und stimmt meines Erachtens mit allem heute vorliegendem Wissen über das Jenseits überein.

Als Sterbeforscher habe ich mich in den letzten 30 Jahren intensiv mit allen Aspekten des Sterbens, der Nahtoderfahrungen, der Nachtodkontakte und des Lebens danach auseinandergesetzt. Ich habe zahlreiche Sachbücher zu diesen Themen veröffentlicht.

Janka Jakobi ist es gelungen, das heutige Wissen darüber, was uns nach dem Tod erwartet, transparent zu machen: Der Tod ist nicht das Ende, und wir sind alle eingebunden in einen höheren Sinnzusammenhang, da wir ewige geistige Wesen sind. Ein sehr empfehlenswertes Buch für alle, die sich mit dem Verlust eines geliebten Menschen auseinandersetzen müssen. Trauernde können nach der Lektüre verstehen, was uns nach dem Tod erwartet und dass wir von den Verstorbenen nicht getrennt sind. Liebe überwindet alle Barrieren.

Berlin, März 2016
Bernard Jakoby
Sterbeforscher und Autor

Vorspann	2
Die letzten Tage	5
Verlorene Hoffnungen	27
Übergang	37
Ankunft	44
Himmel und Hölle	56
Beerdigung	62
Was ist wirklich?	75
Aufträge und Begleiter	86
Eine unerwartete Begegnung	92
Sabines Trauer	99
Theater, Theater…	104
Fixpunkte des Lebenstheaters	113
Regie des Lebenstheaters	120
Ursulas Lebensrückschau	129
Traumbegegnung	143
Erinnerungen	148
Angekommen	153

Vorspann

Ich bin ganz leicht. Geradezu beschwingt. Ich sehe alles von oben. Menschen in grünen Kitteln sind ganz aufgeregt. In der Mitte ist ein länglicher Tisch. Darauf liegt jemand. Neben dem langen Tisch steht ein kleiner Tisch. Darauf liegen allerhand Geräte. Messer, Skalpelle, Scheren und weiteres Werkzeug, das ich nicht näher zuordnen kann. Die Menschen in den grünen Kitteln, wahrscheinlich Ärzte, versuchen aufgeregt etwas mit demjenigen, der da auf dem Tisch liegt, zu machen. Ich träume wohl gerade von einer Operation. Kein Wunder bei den vielen, die ich jetzt schon hinter mir habe. Interessant ist, dass ich alles von oben betrachte. *Lass sie nicht sterben. Bitte nicht. Sie hat bis hierhin so tapfer durchgehalten. Bitte nicht…*Wessen Stimme ist das? Ich glaube, ich höre die Gedanken der im Raum anwesenden Menschen. *Oh nein, sie wird es nicht schaffen.* Ich frage mich, um welchen armen Teufel es sich da auf dem OP-Tisch handelt. Scheint nicht gut um ihn zu stehen. Plötzlich werden alle im Raum ganz ruhig. Seltsam. Ihre Bewegungen werden langsamer. Sie drehen an den Knöpfen der Geräte, die um den Tisch herum aufgebaut sind. Die Person auf dem Tisch ist durch mehrere Kabel mit den Geräten verbunden. Nachdem die Ärzte an den Knöpfen gedreht haben, entfernen sie die Kabel von der Person, dann ziehen sie ihr ein weißes Tuch über den Körper. Die Person auf dem Tisch scheint soeben gestorben zu sein. Ja, so kann es gehen. Ganz schnell. Ich sehe einen Mann, der sich seinen grünen Mundschutz langsam über den Kopf streift. Er sieht erschöpft und unendlich traurig aus. Ich zoome näher heran und erkenne Dr. Hilbig. Dr. Hilbig? Wen hat er denn da gerade operiert? Er sollte doch mich jetzt eigentlich unter seinem OP-Messer haben? Wieso hat er denn jemand anderen operiert? Ich versuche mich bemerkbar zu machen. „Dr. Hilbig? Dr. Hilbig..." Aber er reagiert nicht.

„Er kann dich nicht hören.", sagt eine Stimme links neben mir. Ich schaue mich um. Da ist eine Frau. Sie lächelt mich an. Wer ist sie? Sie kommt mir seltsam vertraut vor. Aber ich erkenne sie nicht. Ich habe sie noch nie in meinem Leben gesehen. Meint die wirklich mich? Oder ist da noch jemand? Aber sie scheint mich zu meinen. Wie ich schwebt sie in der oberen linken Ecke des Raumes. Ich bin irritiert. Das ist bestimmt noch die Auswirkung der Narkose. Man hört ja schon mal, dass man so allerlei Phantasien während der Narkose hervorbringt. Ich habe sogar mal gelesen, dass man dann alles von oben sehen kann.

„Nein, die Narkose ist es nicht. Du träumst auch nicht."

Mir wird langsam mulmig. Was hat das hier alles zu bedeuten? Wer ist diese Frau?

„Die Person auf dem Tisch da, das bist du. Du bist soeben gestorben."

„Ich? Blödsinn! Ich bin doch da! Hier….", sage ich, und während ich an mir herunter sehe, bemerke ich eine leichte Durchsichtigkeit meines Körpers. Das muss eine sehr heftige

Narkose gewesen sein.

„Doch Ursula. Du bist eben gestorben, aber wie du richtig feststellst, lebst du auch noch. Nur deine Zeit auf der Erde ist soeben abgelaufen", sagt diese seltsame Frau nüchtern.

Ihre Lippen bewegen sich beim Sprechen keinen Deut, obwohl ich ihre Worte klar und deutlich höre. Aber was sagt sie denn da? Ich soll der arme Teufel da unten sein?

„Abgelaufen?", frage ich, „Wie meinst du das?" Ich stelle plötzlich fest, dass mein Körper nicht schmerzt. Er schmerzt seit den letzten sechs Monaten eigentlich dauernd. Außer wenn ich schlafe. Dann habe ich Ruhe. So wie jetzt.

„Du schläfst nicht. Du träumst auch nicht. Du bist nur gestorben. Du hast die Ebene gewechselt. Hier gibt es keine körperlichen Schmerzen. Deine Zeit ist soeben abgelaufen."

Absurderweise fällt mir gerade jetzt die Zeile eines Sankt-Martin-Liedes aus meiner Kindheit ein: Mein Licht ist aus, ich geh nach Haus. Rabimmel rabammel rabum bum bum....

Die letzten Tage

20. Juli 2007, eine kleine Stadt im Westen Deutschlands:

Sechs Wochen war sie nun schon im Krankenhaus. Bereits das zweite Mal in diesem Jahr. Obwohl es zehn Uhr am Abend war, lag noch immer eine Schwüle in der Luft, die einem die Schweißperlen auf die Stirn trieb. Normalerweise war der Juni für sie immer die schönste Zeit im Jahr gewesen. Dieses Jahr hätte sie besonders schön werden sollen. Mit ihrer Schwester Hanne war eine Fahrt mit dem Glacier-Express durch die Schweizer Alpen geplant gewesen. Immer hatte sie von einer solchen Fahrt geträumt. Aber entweder hatte das Geld gefehlt oder die Zeit und so war lange nichts daraus geworden. Dann hatte sie sich ihren Traum vor sechs Monaten zu ihrem siebzigsten Geburtstag gewünscht und das Geschenk auch bekommen.

Sie erinnerte sich an das wundervolle, große Fest, das sie schon lange vorher gemeinsam mit ihrer Tochter Sabine geplant hatte. Für die Einladungskarten waren ein Text und zwei Fotografien ausgesucht worden. Ein Bild zeigte sie als fünfjähriges Mädchen mit einer Zipfelmütze und ausgeleierten Strümpfen in Schuhen, die auf dem Foto nicht mehr sichtbar waren. Der erste

Abschnitt eines Spruches von Sören Kierkegaard: „Leben kann man nur vorwärts,..." wurde daneben platziert. Der zweite Teil: „.. das Leben verstehen nur rückwärts." neben einem Foto als Erwachsene. Auf diesem Bild lächelte sie aufmunternd und voller Unternehmungslust als dreiundsechzigjährige Frau in die Kamera. Ihre Haare waren damals noch fast schwarz gewesen und zu einem Pagenkopf geschnitten. Eine Frisur, die sie seit ihrem zweiunddreißigsten Lebensjahr trug, seit Sabines Geburt. Sie war praktisch, wenn man ein Kind zu versorgen hatte und trotzdem noch weiblich schön. Ansonsten fand sie sich, trotz gegenteiliger Aussagen, nicht besonders attraktiv. Vor allem ihre Nase ragte viel zu groß aus einem schmalen Gesicht heraus, aber das Haar war immer ihr ganzer Stolz gewesen. Voll und kräftig war es. Außerdem mochte sie bis heute und allen wechselnden Moden zum Trotz den Pony ihres Pagenschnitts: Er verdeckte zuverlässig ihre zu hohe Stirn.

Bereits am Tag vor ihrem Geburtstag war ihre Familie (Schwester, Nichte und Neffe mit Frau) aus dem Schwarzwald angereist und übernachtete in einem nahe gelegenen Hotel. All ihre Freunde hatte sie eingeladen. Zum Glück hatte Sabine sie davon überzeugt, auswärts zu feiern. Das strapazierte zwar ihren Geldbeutel, schonte dafür aber die Nerven.

Trotzdem war sie am Tag vorher sehr nervös gewesen. Alles sollte perfekt werden. Sie schmückte ihre Wohnung und deckte den Tisch. Am Geburtstagsmorgen sollte die Familie aus dem Schwarzwald, ihre Tochter mit Mann aus Köln, und ihr Exmann Wolfgang, Sabines Vater, zu einem Sektfrühstück kommen. Das Verhältnis zu ihrem Exmann war sehr zwiespältig, immer noch, fünfunddreißig Jahre nach der Scheidung. Durch ihre Tochter Sabine sahen sie sich weiterhin regelmäßig. Seine Gefühle ihr gegenüber, da war sie sich sicher, waren eher brüderlich. Sie jedoch liebte ihn noch immer. Die daraus resultierenden Schmerzen schlugen nicht selten in hilflose Wut gegen ihn um. Es war ein ewiges Wechselbad der Gefühle. Ihrer Tochter zuliebe versuchte sie das zu unterdrücken. Es gelang ihr nicht immer.

Um elf Uhr morgens standen alle vor ihrer Tür. Natürlich hatte sie, neben dem Sektfrühstück, auch für einen Mittagssnack gesorgt und ein `kleines Süppchen´ zubereitet. Schon immer hatte sie die Tendenz, ihre Gäste überzuversorgen. Ein Einfaches `Nein, danke, ich bin satt´ ließ sie nicht gelten. Sie ging davon aus, dass andere die gleichen Hemmungen hatten, wie sie selbst. Am frühen Nachmittag verließen alle Ursulas Wohnung, in der festen Überzeugung, auf dem Fest am Abend bestimmt nichts mehr essen zu können.

Gemeinsam mit Sabine und ihrem Schwiegersohn Paul war Ursula schon eine Stunde vorher zum Restaurant gefahren, um

Tischkarten aufzustellen und noch einiges mit den Kellnern abzusprechen. Sie war sehr aufgeregt, aber die Anwesenheit von Sabine und Paul beruhigte sie. Als dann endlich die ersten Gäste kamen, und im Kaminzimmer mit Sekt begrüßt wurden, entspannte sie sich zusehends. Eigentlich stand sie nicht gerne im Mittelpunkt. Aber jetzt genoss sie es in vollen Zügen.

Neben ihrer Verwandtschaft, waren viele Freunde und Bekannte gekommen. Einige hatte sie mitunter Jahre nicht gesehen. So ihre ehemaligen Kolleginnen der Modefirma, für die sie lange Zeit bis zu ihrer Rente Schnitte entworfen hatte. Schon als junges Mädchen war sie an Mode interessiert gewesen. Sie entwarf und nähte all ihre Kleider selbst. Obwohl man ihr während der Volksschule ein Stipendium für das Gymnasium angeboten hatte (während und nach dem 2. Weltkrieg kostete der Besuch der höheren Schule noch Geld), bevorzugte sie es weiterhin zur Volksschule zu gehen. Sie wollte ihre Freundin nicht verlassen. So machte sie nach dem Schulabschluss eine Schneiderlehre, statt an einer Fachhochschule Design zu studieren. Sie lebte allein mit ihrer Mutter, da ihre Eltern im Krieg geschieden worden waren und die Mittel waren knapp. Ihre neun Jahre ältere Schwester war inzwischen verheiratet und ausgezogen. So musste sie selbst Geld zum gemeinsamen Lebensunterhalt dazuverdienen. Häufig war sie traurig und wütend über diesen Verlauf der Dinge, da sie in der Modebranche ohne Studium nicht weiter aufsteigen konnte. Trotzdem hatte sie an ihrem anstrengenden Beruf immer auch

Freude gehabt.

Das Fest wurde ein voller Erfolg. Das Essen war köstlich und die Atmosphäre herzlich. Selbstgedichtete Zeilen ihrer Freundinnen hatten ihr Tränen der Rührung und Belustigung in die Augen getrieben. Das schöne an Geburtstagen war, dass man von seiner Umwelt mit Freude, Harmonie und Wertschätzung bedacht wurde. Alle waren einem gut gesonnen. Alles war leicht. Der Geburtstag schien sich wie eine Schutzhülle um sie zu legen. Sie hatte sich gewünscht, er würde nie vorbei gehen. Aber er ging natürlich vorbei. Was aber blieb, war ihre Reise mit dem Glacier-Express. Jetzt im Juni hätte es endlich soweit sein sollen. Aber dann kam alles anders…

Mühsam rollte sich Ursula mit ihren vier Schläuchen aus dem Bett, um auf die Toilette zu gehen. Schritt für Schritt schob sie den Infusionsständer, an dem die künstliche Nahrung und ihre Körperflüssigkeiten in Beuteln hingen, durch das Zimmer. Sie nahm sich in Acht, nicht aus Versehen einen Schlauch aus ihrem Körper zu reißen. Gestern Nacht war sie zu ruckartig aufgestanden…und schon war es passiert: Bett, Nachthemd, der Boden, alles war versaut. Sie musste lange auf die Nachtschwester warten. Das Personal im Krankenhaus war völlig überlastet. Sie mochte die Schwestern, die Pfleger und die Ärzte. Sie wusste auch, dass sich alle die größte Mühe gaben.

Trotzdem verzweifelte sie zuweilen, denn sie war kaum in der Lage sich selbst zu helfen. Wenigstens hatte sie ein Einzelzimmer mit eigenem Bad. Das war für eine Kassenpatientin nicht selbstverständlich. Diesen `glücklichen´ Umstand hatte sie einem ansteckenden Keim zu verdanken, der sich seit ein paar Tagen in ihrem Körper eingenistet hatte.

Nachdem sie den Toilettengang ohne größeres Missgeschick hinter sich gebracht hatte und nun erschöpft wieder im Bett lag, blickte sie kritisch auf die an ihr befestigten Beutel. Verfärbte sich die Flüssigkeit darin bräunlich, war die Narbe wieder aufgegangen und das Drama begann von vorne. Das konnte von der einen zur anderen Sekunde passieren. Und…die Flüssigkeit war wieder leicht trübe. „Nein", murmelte Ursula, „nicht schon wieder." Sie war so müde. In den letzten fünf Wochen war sie nahezu jeden zweiten bis dritten Tag operiert worden. Zwei Löcher in ihrem Dünndarm, die durch mehrere lokale Chemotherapien entstanden waren, wollten partout nicht heilen. Die Chemo hatte ein so genanntes Gallertkarzinom, eine Art Schleimtumor, in Schach halten sollen, das seit fünf Jahren ihren Bauchraum okkupierte und sich dort auf und zwischen die Organe heftete und sie langsam zusammendrückte. Während dieser Zeit war sie viermal operiert worden. Die letzte Operation Anfang des Jahres hatte eigentlich die harmloseste von allen werden sollen, da das Rezidiv, das man im CT gefunden hatte, nur sehr klein war. Damals rechnete sie damit, innerhalb von zehn Tagen wieder zu Hause zu sein. Aber dann stellten sich Komplikationen ein und sie musste noch weitere sechs Wochen im Krankenhaus verbringen. Nach einem einmonatigen Aufenthalt in einer Rehabilitationsklinik und einer Woche zu Hause wurde sie von ihrem Hausarzt wegen ihrer schlechten Blutwerte erneut ins Krankenhaus eingewiesen. Hier stellte man fest, dass die Wand ihres Dünndarms löchrig war.

Man bekommt etwas gegen das Eine und das macht einem das Andere kaputt.

Zum Glück waren trotz der vielen Operationen Blutdruck und Puls stabil. Alle staunten, wie gut sie die Strapazen aushielt, was daran lag, dass sie die Schmerzen vor ihren Besuchern verbarg und die Verzweiflung über ihren hilflosen Zustand für sich behielt. Sie hasste es, zu jammern und anderen zur Last zu fallen. Außerdem tat es ihr gut, wenn sie für ihre Tapferkeit bewundert wurde. Ihr Name war schließlich Ursula und das bedeutet ´kleine Bärin´. Aber mit jeder Operation schwanden ihre Kräfte mehr und mehr. Hinzu kamen noch die üblichen Unannehmlichkeiten, wie zum Beispiel der ´Nasenschnorchel´, der nach jeder Operation zur Nahrungsaufnahme in ihre Nase gelegt wurde. Da sie so oft in den letzten Wochen operiert worden war, entfernten die Ärzte ihn gar nicht mehr. Dabei war er kaum zu ertragen. Er kratzte im Hals und der dadurch entstehende Husten wurde durch die Operationsnarbe zur Qual. Auch das Sprechen und Schlucken fiel ihr sehr schwer. Am liebsten würde sie sich alle Schläuche rausreißen und einfach davon laufen. Und dann? Oder aber nach der nächsten

Operation nicht mehr aufwachen. Dieser Gedanke ließ sie mitunter leichter werden. Das einzige, was sie noch aufrecht hielt, war die Fürsorge ihrer Tochter Sabine und die des Oberarztes Dr. Hilbig. Von ihm wurde sie wenigstens als Mensch und nicht wie irgendeine Nummer behandelt, die zufällig auf der Station lag. Er war einfach rührend. Täglich kam er vorbei, um sich nach ihrem Zustand zu erkundigen. Dabei hielt er auch schon mal ihre Hand und vor allem sprach er immer aufrichtig mit ihr. Dr.Hilbig und ihre Tochter waren die einzigen Lichtblicke in ihrem meist öden und oft schmerzvollen Krankenhausalltag. Sabine besuchte sie jeden zweiten Tag. und reiste aus dem 70 km entfernten Köln an, wo sie seit einigen Jahren mit ihrem Mann Paul lebte.

Ursula war sehr stolz auf ihre einzige Tochter. Früher hatte sie oft ein schlechtes Gewissen geplagt. Sie glaubte, als allein erziehende, berufstätige Mutter ihrer Tochter nicht genügend Zeit in der Kindheit und Jugend gewidmet zu haben und sie war neidisch gewesen. Neidisch auf all diejenigen Mütter, die die Verantwortung für ihre Kinder mit einem Mann teilen konnten. Sabine hatte einen schlechten Start in der Schule. Sie war gleichgültig und nachlässig. Aber nach der Grundschulzeit entwickelte sie eine Selbstständigkeit, die sich unter anderem auch positiv auf ihre Noten auswirkte. Nach dem Abschluss der Realschule wechselte sie zum Gymnasium und machte ihr Abitur. Als sie nach erfolgreich abgeschlossener Lehre Psychologie studierte, war das Balsam für Ursulas Gewissen und sie begann sogar ein wenig prahlerisch zu werden, da Sabine die erste Akademikerin in der Familie war. Mit dreißig Jahren lernte Sabine dann Paul kennen, einen Kunstlehrer, der ebenfalls nach Köln gezogen war. Vier Jahre später heirateten die beiden. Er war ein Schwiegersohn wie aus dem Bilderbuch: liebenswürdig, freundlich, fürsorglich und - wie Ursula auch - an Kunst interessiert. Sie hatte ihn gern wie den Sohn, den sie sich nach Sabines Geburt immer noch gewünscht hatte. Jetzt besuchten sie zu dritt Ausstellungen oder trafen sich zum Kaffee und hier in die Klinik kam Paul auch regelmäßig mit zu Besuch.

Sie war von der Liebe der beiden sehr angerührt, wunderte sich aber manchmal, wie gut das ungleiche Gespann miteinander auskam. In Wesen und Temperament waren sie grundverschieden. Sabine neigte zu hektischem Aktionismus und war von einer ständigen inneren Unruhe getrieben, während Pauls Ausstrahlung und Handlungen meist von Bedacht und Ruhe geprägt waren. Beide zusammen zu erleben, entbehrte manchmal nicht einer gewissen Komik, die Ursula oft schmunzeln ließ. Das Wichtigste aber war: ihre Tochter war glücklich und sie als Mutter beruhigt.

Sabine und Ursula hatten versucht, eine gewisse Routine zu entwickeln, was die Krankenhausbesuche anbelangte. Das gab ihnen ein wenig Sicherheit in diesem nun schon monatelangem Auf und Ab. In den Tagen dazwischen telefonierten sie oft.

Wenn Sabine kam, hatte sie meist eine Kleinigkeit dabei, die Ursulas Tag aufhellte. Dann zauberten selbst gepflückte Narzissen einen Hauch von Frühling in das sterile Krankenzimmer, oder sie brachte Zeitschriften mit und ab und zu ein schönes Bild, wie zum Beispiel die Karte mit den violetten Lavendelfeldern aus einem Provence-Postkartenkalender. Gemeinsam suchten sie dafür einen Platz und als die Krankenschwester einmal ins Zimmer kam, um Ursula Blut zu entnehmen, meinte sie lachend: „Hier sieht es ja fast wohnlicher aus, als bei mir zu Hause." Aber irgendwie musste sie es sich ja nett einrichten. Zumal mit jedem Tag ihre Befürchtungen wuchsen, ihr Zuhause nicht mehr wieder zusehen.

Dr. Hilbig kam zur Tür herein und inspizierte den Inhalt der Beutel.

„Und wie geht es Ihnen heute?", fragte er und runzelte kritisch die Stirn beim Blick auf die trübe Flüssigkeit. „Hm, das sieht ja nicht so gut aus. Ich glaube da müssen wir noch mal ran." Er setzte sich auf den Stuhl neben Ursulas Bett. Ursula ließ sich in das Kissen sinken und blickte auf ihre Hände. „Das habe ich befürchtet. Ich bin doch erst gestern operiert worden. Die Abstände werden ja immer kürzer. Jetzt hält die Narbe nicht mal mehr zwei Tage. So kann das doch nicht weitergehen", sagte sie verzweifelt.

Dr. Hilbig schaute sie mitfühlend an. „Ehrlich gesagt: wir sind auch ratlos. Und wir operieren sie auch erst morgen, damit sie noch etwas Kraft sammeln können."

Kraft sammeln... bis morgen. Wie soll das gehen? Woher soll die Kraft denn noch kommen, dachte sie verbittert, als Dr. Hilbig weiter sprach: „Und ich denke nun doch darüber nach, Ihnen einen künstlichen Darmausgang zu legen, der vielleicht in ein paar Monaten wieder zurück verlegt werden kann."

Ursulas Augen weiteten sich vor Schreck. Bei ihrem vor fünfzehn Jahren verstorbenen Lebensgefährten Richard hatte sie miterlebt, welch eine Tortur ein künstlicher Darmausgang sein konnte. Damals hatte sie sich geschworen mit so etwas niemals leben zu wollen. Allerdings war ihr momentaner Zustand auch nicht viel besser. Vor ein paar Wochen hatte man ihr noch gesagt, dass das Legen eines künstlichen Darmausganges bei ihr nur schwer möglich sei, da die Schlingen ihres Dünndarms durch die vielen Chemotherapien zu einem einzigen Klumpen zusammengewachsen waren. Es musste gelingen, sie voneinander zu trennen, ohne sie zu verletzen. Das würde nur in einer langen für den Körper sehr belastenden Operation zu bewerkstelligen sein. Aber jetzt interessierte Ursula lediglich, ob man den Ausgang auch wieder zurückverlegen konnte.

„Eine hundertprozentige Garantie können wir ihnen natürlich nicht geben. Aber die Chancen stehen sehr gut."

„Habe ich eine andere Wahl?", fragte Ursula und schaute dabei resigniert aus dem Fenster. Dr. Hilbig hob schweigend die Schultern. So unterschrieb sie ein weiteres Mal die Einverständniserklärung zu einer schweren Operation. Als Sabine anrief, sagte sie: „Ich habe soeben mein Todesurteil unterschrieben".

Am nächsten Tag wurde Ursula fast fünf Stunden operiert. Dr. Hilbig rief Sabine, wie nach den letzten Operationen auch, direkt an.

Mit Herzklopfen erkannte Sabine sofort seine Stimme.

„Hier ist Dr. Hilbig. Wir haben ihre Mutter soeben erfolgreich operiert. Es ist alles sehr gut gelaufen. Die Schlingen haben wir ohne Komplikationen voneinander trennen können und alle porösen Teile des Darmes entfernt." Er klang vorsichtig optimistisch.

„Sie haben jetzt also tatsächlich die riskante OP gewagt?" Sabine konnte es kaum glauben.

„Ja, wir wussten auch nicht mehr weiter. Aber ich bin zuversichtlich, dass ihre Mutter in drei Wochen wieder zu Hause sein kann."

„Mein Gott, bin ich erleichtert. Hat der Albtraum jetzt endlich ein Ende?" Sabine blickte aus dem Fenster in den Garten. Eine Amsel badete in der Vogeltränke, während von links die viel zu träge weiße Katze der Nachbarin heranschlich. „Wie lange hat die Operation gedauert?", fragte sie. „Fünf Stunden", antwortete Dr. Hilbig.

„Fünf Stunden? Hoffentlich verkraftet sie das!"

„Wir müssen natürlich ihre Werte beobachten. Darum liegt sie auch noch auf der Intensivstation. Aber wir rechnen nicht mit Komplikationen. Wahrscheinlich wird sie schon morgen wieder auf ihr Zimmer kommen." Sabine atmete tief ein. Sie sah die dicke weiße Katze einen plumpen Satz machen. Die Amsel flog gelassen auf und zog in einem eleganten Bogen durch den Garten in den blauen Himmel hinauf. „Ich danke Ihnen Dr. Hilbig." Als sie den Hörer auflegte, spürte sie zum ersten Mal seit Wochen so etwas wie Hoffnung und Erleichterung.

Als Ursula am nächsten Morgen auf der Intensivstation aufwachte, war sie noch sehr benommen. Langsam öffnete sie ein wenig ihre Augen, schloss sie dann aber wieder. Das Fiepen irgendwelcher Geräte drang an ihr Ohr. Ihre Augen gingen auf und zu. Irgendetwas war anders als sonst. Sie öffnete erneut die Augen und erblickte vor sich eine spiegelähnliche Scheibe. Sie versuchte sich zu bewegen, aber es gelang ihr nicht. Sie hing an tausend Schläuchen, die sie mit den lärmenden Geräten verbanden. Ein besonders dicker Schlauch in ihrem Mund hinderte sie daran zu sprechen oder zu rufen und bereitete ihr große Schwierigkeiten beim Schlucken. Panik kroch in ihr hoch. Wo war sie? Wieso war sie nicht wie sonst nach den Operationen auf ihrem Zimmer oder auf der Aufwachstation?

War die Operation nicht gelungen? Schmerzen spürte sie noch nicht. Die Tür stand weit offen. Von draußen drangen Stimmen und schnelle Schritte an ihr Ohr. Dann kam eine Frau im grünen Kittel mit Mundschutz herein. Ursula verfolgte sie mit ängstlich fragenden Augen. Die Frau beugte sich über sie und gab ihr einen Kuss auf die Stirn. Um Gottes Willen, dachte Ursula verschreckt. Sabine streichelte ihr über den Kopf und beruhigte sie. Endlich erkannte Ursula ihre Tochter und blickte sie erleichtert an.

„Du brauchst keine Angst zu haben. Es ist alles in Ordnung. Zur Kontrolle haben sie dich noch auf der Intensivstation gelassen. Gestern haben sie dir einen künstlichen Ausgang gelegt. Alles ist sehr gut verlaufen. Die Ärzte sind zufrieden. Sie haben die porösen Darmstücke entfernt. Dr. Hilbig meinte sogar, dass du eventuell in drei Wochen schon wieder zu Haus sein könntest. Der Albtraum hat jetzt endlich ein Ende." Sabine strahlte ihre Mutter an. Die Zuversicht und die Freude ihrer Tochter steckten sie an. In drei Wochen wieder zu Hause. Das wäre fast zu schön um wahr zu sein, dachte Ursula bei sich. Vorstellen konnte sie sich das in ihrem momentanen Zustand allerdings nicht so richtig. Aber wer weiß? Vielleicht würde ja doch noch alles gut.

In diesem Moment kam der diensthabende Arzt der Intensivstation zusammen mit einer Schwester herein. Ursula brachte ein Lächeln zustande. „Sie lächelt ja schon wieder", sagte er und prüfte die Werte auf den Geräten. „Sieht doch ganz gut aus." Er schaute Ursula an. „Wahrscheinlich können sie heute Nachmittag schon wieder auf ihr Zimmer." Ursulas Augen strahlten. Sie versuchte dem Arzt etwas mitteilen, was ihr jedoch nicht gelang. Dabei schielte sie auf den Schlauch in ihrem Mund. „Ich glaube, sie möchte, dass Sie sie von dem Schlauch in ihrem Mund befreien", übersetzte Sabine lachend.

„Ja", meinte der Arzt, „das ist kein Problem. Den brauchen Sie jetzt nicht mehr." Er gab der Schwester die nötigen Anweisungen und sie entfernten den Schlauch vorsichtig. War das eine Erleichterung! Ursula fuhr sich mit der Zunge über die trockenen Lippen. Sie lächelte Sabine an und flüsterte schwach: „Ich hab dich erst gar nicht erkannt mit dem grünen Kittel und dem Mundschutz."

„Ja, das hab ich gemerkt." sagte Sabine schmunzelnd.

„Zum Glück warst du da. Ich hatte solche Angst."

„Natürlich bin ich da. Einer muss dir doch erzählen, wie alles gelaufen ist."

„Danke für alles." Ursula und drückte Sabine sanft die Hand.

Einen Tag später rief Sabine im Krankenhaus an. „Wie geht es meiner Mutter?", fragte sie die Schwester. „Der Zustand Ihrer Mutter ist stabil. Aber sie hat große Schmerzen im Rücken, im Nacken und in der Schulter durch die lange Operation. Sie hat trotz eines Schlafmittels eine unruhige Nacht gehabt und ist sehr deprimiert wegen des künstlichen Ausganges. Ich glaube sie wird einige Zeit brauchen, um sich daran zu gewöhnen."

„Das kann ich mir denken", sagte Sabine. „Schließlich hatte sie immer Angst davor."

Beim nächsten Besuch wurde sie von ihrer Mutter jedoch wieder mit einem Lächeln begrüßt. Sie gaben sich ein Küsschen auf den Mund zur Begrüßung. „Du siehst heute schon viel besser aus", sagte Sabine. Ursula war natürlich noch sehr geschwächt, hatte aber endlich einmal seit Wochen wieder etwas Farbe im Gesicht.

„Wie hast du die Nacht geschlafen?"

„Besser als letzte Nacht. Ich glaube sie haben mir gestern Abend eine stärkere Dosis von dem Schmerzmittel gegeben."

„Die Schwester sagte mir das schon am Telefon. Hattest du so starke Schmerzen?"

„Ja, es war schlimm. Wahrscheinlich wegen der harten Unterlage, auf der ich während der OP fünf Stunden liegen musste. Mein Nacken verkraftet das nicht mehr. Aber jetzt geht es wieder." Dann, mit einem Ansatz von Schwung in der Stimme und einem hoffnungsvollen Glänzen in ihren Augen, berichtete Ursula: „Heute morgen war Dr. Hilbig schon um sieben Uhr hier und meinte, wenn keine Komplikationen mehr auftreten, könnte ich möglicherweise in drei Wochen wieder nach Hause." Sabine sagte ihr nicht, dass sie ihr diese hoffnungsvolle Aussicht schon auf der Intensivstation mitgeteilt hatte. Aber Ursula war wahrscheinlich wegen der Medikamente und der langen OP zu benommen gewesen, um diese Nachricht wirklich registrieren zu können. Und so antwortete Sabine ihr nur: „Das wäre fantastisch!", und ließ sich dabei von der Aufbruchstimmung ihrer Mutter anstecken.

„Ich hab das Gefühl, die machen jetzt richtig Power, damit sie mich endlich entlassen können. Na mir soll's recht sein. Ich glaube, dass sie auch erleichtert sind. Ich bin ja ein ganz komplizierter Fall", sagte Ursula mit einem schiefen Lächeln, nicht ohne die Art von Stolz, den Kranke manchmal entwickeln, wenn sie durch die Komplexität ihrer Krankheit die besondere Aufmerksamkeit der Ärzteschaft genießen.

„Das wird aber auch langsam Zeit." Sabine griff zu der großen Tasche, die sie beim Hineinkommen abgestellt hatte. „Vier Monate Krankenhaus sind einfach genug." Auch ihre Nerven lagen blank, obwohl sie versuchte, ihre Mutter das nicht spüren zu lassen. Etwas energischer als sonst packte sie die frischen Unterhosen, Waschlappen und Handtücher, die sie mitgebracht hatte, in den Spind, hängte frische Handtücher ins Bad und die gebrauchten zum Trocknen auf die Heizung. So konnte sie sie gleich zum Waschen wieder mit nach Hause nehmen.

„Brauchst du noch etwas aus deiner Wohnung?", fragte sie umtriebig.

„Ja, schau mal in den Schrank im Bad. Da müsste noch eine Zahnpasta sein. Die kannst du mir mitbringen. Und noch etwas Mundwasser." Ursula überlegte kurz: „Dann brauche ich noch ein kurzärmeliges Nachthemd. Das hier", sagte sie und nestelte genervt an ihrem OP-Hemd herum, „wird mir langsam zu warm. Außerdem kann ich mich nicht mehr sehen. Aber das hat ja hoffentlich bald ein Ende", seufzte sie. Sabine setzte sich zu ihrer Mutter aufs Bett und nahm ihre Hand. „Zum ersten Mal seit Wochen habe ich wieder Hoffnungen. Endlich ist es vorbei mit diesen schrecklichen Operationen. Und den künstlichen Ausgang kann man ja auch wieder zurückverlegen."

Ursula runzelte die Stirn. „Als Richard damals den künstlichen Darmausgang bekam, habe ich gedacht, dass ich damit nie würde leben wollen. Es war so furchtbar. Aber was will ich machen? Das hier war ja auch kein Zustand." Sie drehte die Augen zur Decke und machte mit der Hand eine abfällige Bewegung, als würde sie sagen wollen: Bloß nicht drüber nachdenken.

„Irgendwie kann ich damit nicht umgehen. Aber wenn er wieder zurückverlegt wird…", tröstete sie sich selber.

„Zeig mal den Ausgang." Sabine war doch ein wenig neugierig, wie so etwas aussah.

„Willst du das wirklich sehen? Ich hab mir das bis jetzt erspart."

Sie schob widerwillig ihr OP-Hemd hoch und schaute zur Seite, damit sie das Elend nicht ansehen musste. Ein viereckiger Kasten kam zum Vorschein, der mitten auf dem Bauch befestigt war. Er hatte die Größe eines Autorücklichtes. Oje´, dachte Sabine, das wird im Sommer schwierig. Sie hatte die luftigen Blusen und Kleider ihrer Mutter vor Augen. Ursula war ja doch sehr eitel. Das würde nicht einfach werden. Sie sagte aber nur: „Na ja, schwimmen gehst du ja eh nicht mehr."

Ursula schaute Sabine an und zog ihre Augenbrauen hoch. „Hm", meinte sie. Mehr fiel ihr dazu nicht ein. Ihre Tochter war doch manchmal sehr pragmatisch.

„Würdest du mir noch mal die Beine mit dem Öl einreiben? Sie sind wieder so trocken." Sabine nahm das Öl vom Nachtschränkchen zur Hand und rieb ihrer Mutter damit die Beine ein. Sie genoss es, wenn sie Ursula mit Kleinigkeiten etwas Gutes tun konnte. Danach setzte sie sich wieder aufs Bett und sie unterhielten sich über eine Talkshow, die sie beide am vorangegangenen Abend im Fernsehen gesehen hatten.

Auch dieser Tag verlief so wie alle anderen Tage, an denen sie ihre Mutter in der Klinik besuchte. Sie kam meist gegen Vormittag, blieb ein bis zwei Stunden, bevor sie dann eine Pause in der Cafeteria der Klinik oder in Ursulas Wohnung machte. Während dieser Zeit schlief Ursula. Nach ihrem Cafébesuch vertrat sie sich dann die Beine, entweder im Park des Krankenhauses oder in dem Park, der sich direkt vor Ursulas Wohnung befand. Sie brauchte diese Bewegung und tankte die

Energie, die sie später an ihre Mutter weitergeben konnte. Es hatte keinen Zweck, wenn auch sie noch aus dem letzten Loch pfiff. Ihrer Mutter konnte sie am besten helfen, wenn sie selbst stark blieb. So sorgte sie in dieser Zeit auch sehr für ihr eigenes Wohlbefinden.

Als sie an diesem Mittag in Ursulas Wohnung ankam, brühte sie sich erst einmal eine Tasse Kaffee auf. Dann legte sie sich aufs Sofa und schloss erschöpft die Augen. Hoffentlich ging diesmal wirklich alles gut. Sie dachte an die wunderschönen Stunden, die sie hier mit ihrer Mutter verbracht hatte. Seit zehn Jahren besuchte sie Ursula einmal in der Woche. Es war für beide immer wie ein Tag Ferien gewesen, ein kleiner Ausflug heraus aus dem Alltag. Diese Stunden waren sehr kostbar.

Sabine und Ursula hatten immer ein sehr enges Verhältnis gehabt. Das frühe Zusammenleben zu zweit – Sabine war vier, als sich ihre Eltern scheiden ließen – hatte sie zusammengeschweißt. Es war nicht immer einfach gewesen. Beide waren in ihrer Art extreme Menschen. Zeiten der Harmonie und Innigkeit wurden von Phasen, in denen die Fetzen flogen, unterbrochen. Mit dem Erwachsenwerden von Sabine nahmen die Konflikte und der Streit zu. Als Sabine mit einundzwanzig auszog, verbesserte sich ihre Beziehung schlagartig. Unzertrennlich wurden sie durch Sabines Umzug nach Köln, acht Jahre später. So wandelte sich die klassische

Mutter-Tochter-Beziehung in eine innige Freundschaft von Frau zu Frau.

Aber wie würde es werden, wenn Ursula wieder nach Hause käme? Sie dachte an Dr. Hilbig und an die von ihm in Aussicht gestellte Entlassung ihrer Mutter. Wie würde sie die vergangenen Monate verarbeiten? Wie würde sie diesen künstlichen Darmausgang verkraften? Die Stimmungen ihrer Mutter schwankten sowieso schon immer sehr stark. Und wie würde sie mit dem Gerät auf dem Bauch schlafen können? Daran hatte sie ja bis jetzt noch gar nicht gedacht. Sabine setzte sich ruckartig auf. Sie rieb sich das Gesicht und versuchte die trüben Gedanken zu verscheuchen. Eins nach dem anderen, sagte sie sich und stand auf. Erstmal musste ihre Mutter heil aus dem Krankenhaus kommen.

Nachdem sie ihren Kaffee getrunken hatte, packte sie die Sachen zusammen, die Ursula hatte haben wollen. Anschließend ging sie in den gegenüberliegenden Park, um frische Luft zu schnappen und sich ein wenig zu bewegen. Die Sommerfrische war herrlich, die seidige Luft streichelte ihr Gesicht und ganz kurz war der Krankenhausmief weit weg. Sie lief einige Runden die Wege entlang, setzte sich dann auf eine Parkbank vor dem Teich und blickte auf das glitzernde Wasser. Enten schwammen sorglos darin umher, die Köpfe untertauchend auf der Suche nach Essbarem. `Schwänzchen in die Höh…´ musste sie denken. Sie lächelte und fühlte, wie sie ein wenig Kraft tanken konnte. Auch wenn sich durch solche Augenblicke ihre

Energiereserve etwas auffüllte, hatten die vergangenen Wochen deutliche Spuren in ihrem Gesicht hinterlassen. Angst war ihr ständiger Begleiter geworden. Egal wo sie war und was sie tat, ob auf Geschäftsreisen, beim Einkaufen, bei einem Café- oder Kinobesuch… die Angst saß ihr stetig im Nacken, rumorte in ihren Eingeweiden und verursachte permanente Bauchschmerzen, die sich verstärkten, wenn sie auf dem Weg nach Hause war, wenn sie zur Tür hereinkam und auf das Telefon zuging, wo das Lämpchen blinkte und sie voller Angst vor einer weiteren Hiobsbotschaft das Band abhören musste. Der Ausspruch `ein Schrecken ohne Ende´ bekam für sie eine plastische Dimension. Hoffnung und Enttäuschung wechselten sich täglich ab. Sie maß den Park mit ihren Blicken. Wieder übermannte sie eine Unruhe. Ihre Mutter wartete bestimmt schon auf sie. Sie stibitzte noch ein paar Rosenzweige und fuhr zurück in die Klinik.

Verlorene Hoffnungen

Im Foyer ließ der Aufzug wieder auf sich warten. Es gab nur zwei Besucheraufzüge für ein Krankenhaus mit über 1000 Betten. Nachdem sie also einige Minuten vor und im Aufzug verbracht hatte, eilte sie endlich auf das Zimmer 942, in dem ihre Mutter lag. Sie klopfte, wie immer etwas nervös, an die Tür. Hoffentlich war noch alles in Ordnung.

Es war schon mehrfach vorgekommen, dass sich nach ihrer kleinen Mittagspause die Situation ihrer Mutter verschlechtert hatte. Einmal hatte man bei einer Untersuchung Wasser in Ursulas Lunge festgestellt und Sabine kam gerade noch rechtzeitig, um ihr beim Legen einer Drainage beistehen zu können. Nachdem sie beide zwei Stunden im Gang auf den Eingriff gewartet hatten, hörte Sabine, als es dann endlich soweit war, aus dem kleinen Operationssaal nur noch die Schmerzensschreie ihrer Mutter. Es war fürchterlich. Die Nachricht, die sie heute erwartete war auch nicht besser.

Sie ging leise ins Zimmer. Ihre Mutter schlief nicht, sie lächelte wieder, aber im Gegensatz zum Morgen sahen ihre Augen mutlos aus. Ihr Gesicht schien wächsern und gelblich.

„Was ist los?", fragte Sabine besorgt. Sie merkte sofort, dass etwas anders war. Der zarte Optimismus vom Morgen drohte sich zu verflüchtigen.

„Der Arzt war soeben hier. Er war nicht zufrieden. Da ist wohl wieder was im Beutel...", sagte sie leise.

„Oh nein. Was heißt denn das?", fragte Sabine und spürte, wie sich ihr Magen zusammenkrampfte.

„Da ist wohl wieder ein Loch."

„*Waaas*, das kann doch nicht sein. Sie haben doch alle porösen Darmstücke entfernt?!"

„Möglicherweise ist es ein völlig neues Loch. Ich hab's geahnt, dass der Albtraum kein Ende nehmen würde. Das wäre ja auch zu schön gewesen", sagte sie mit verlorenem Blick.

Sabine war sprachlos. Sie fühlte sich leer und ausgebrannt. Der Operationsmarathon würde weitergehen.

Sabine nahm die Hand ihrer Mutter und stützte ihren eigenen Kopf darauf ab. Ursulas Blick war ausdruckslos. Draußen war es noch hell und warm. Der abendliche Gesang der Vögel klang in das Zimmer hinein. Sie redeten nicht viel. Sie waren nur beieinander.

Dann kam die diensthabende Ärztin herein: „Frau Heinrichs, wir Ärzte haben uns beratschlagt und würden sie gerne noch einmal operieren. Noch heute. Sie können eine erneute Operation natürlich auch ablehnen."

„Und dann? Was passiert wenn ich nein sage?", Ursulas Stimme klang gepresst.

„Es kann sein, dass das Loch sich durch einen Selbstheilungsprozess wieder schließt. Falls nicht, riskieren Sie eine Sepsis, eine Blutvergiftung, die zum Tode führen kann."

„Aber das ist doch Wahnsinn!" Sabine sah die Ärztin wütend an. „Sie ist doch erst vor zwei Tagen operiert worden. Fünf Stunden lang! Wie soll ihr Körper das verkraften?! Das verkraftet sie nicht. Das kann sie gar nicht verkraften!" Sabines Stimme überschlug sich vor Empörung und Entsetzen. Sie begann an der Ausweglosigkeit der Situation zu verzweifeln. Die Ärztin setzte sich auf einen Platz an dem runden Tisch vorm Fenster und legte eine Mappe mit Unterlagen auf die Zeitschriften, die Sabine am Morgen mit gebracht hatte. „Wir wissen, dass ihre Mutter sehr geschwächt ist, Frau Berger. Aber das Risiko einer Sepsis ist enorm hoch, und die wäre für ihre Mutter sehr gefährlich, gerade weil sie so schwach ist. Eben deshalb müssen wir der Sache so schnell wie möglich auf den Grund gehen."

„Eine OP mehr oder weniger...", Ursula zuckte mit den Schultern und blickte unglücklich zum Fenster hinaus. Die Ärztin schaute sie mitfühlend an. „Sie sind sehr tapfer, Frau Heinrichs. Gleich kommt die Anästhesistin. Sie kennen das ja schon alles."

Sabine versuchte sich aus ihrer Starre zu lösen. „Wann wird sie denn operiert?" Es war bereits 19.00 Uhr.

„Wir haben noch zwei Patienten vor ihrer Mutter", antwortete die Ärztin, „das heißt, es wird möglicherweise 22.00 Uhr oder sogar später", sagte sie, den Blick wieder Ursula zugewandt. „Es tut mir sehr leid. Aber wir sehen einfach keine andere Möglichkeit."

Es blieb still im Zimmer, als die Ärztin hinausgegangen war. Weder Ursula noch Sabine wussten, was sie sagen sollten. Nach einiger Zeit sagte Ursula: „Bitte fahr' jetzt nach Hause. Du siehst müde aus und Paul wartet bestimmt auf dich. Ich brauche noch etwas Zeit für mich, bevor es wieder losgeht." Sabine war in der Tat müde und hungrig. Sie fühlte sich schwach und elend. Sie saß immer noch auf dem Bett und schaute ihre Mutter an. Auch vor der letzten Operation hatte sie schon gesagt, dass sie lieber noch etwas Zeit für sich haben wollte, um sich auf das Bevorstehende vorzubereiten.

„Ich komme am Freitag wieder." Es war Mittwoch. „Aber ich werde in der Nacht noch die Ärztin anrufen."

„Mach dir nicht so viel Sorgen", versuchte Ursula ihre Tochter zu beruhigen.

„Ich versuch's", sagte Sabine mit einem gequälten Lächeln. Schwerfällig stand sie auf, um sich für die Heimfahrt fertig zu machen. Es war seltsam jetzt zu gehen. Aber von zu Hause trennte sie noch eine Stunde Autofahrt und am nächsten Tag musste sie auf einer Tagung einen wichtigen Vortrag halten. Als sie ihre Sachen gepackt hatte, setzte sie sich erneut aufs Bett.

„Ich bin in Gedanken bei dir, die ganze Zeit."

„Das weiß ich Sabine, du bist mein Goldkind." Ursula lächelte schwach und strich Sabine eine störrische Haarsträhne aus dem Gesicht.

Um Fassung ringend, gab Sabine ihrer Mutter zum Abschied einen Kuss. Beide versuchten so normal wie möglich zu sein. Es würde alles gut gehen und am Freitag sahen sie sich ja wieder. Dann raffte sich Sabine auf, um endlich ihre Heimfahrt anzutreten. Sie ging zur Tür.

„Komm gut nach Hause und fahr vorsichtig", sagte Ursula.

„Soll ich noch etwas mitnehmen?", fragte Sabine, nach einem Grund suchend, um ihre Heimfahrt hinauszuzögern.

„Du hast ja heute Mittag schon alles mitgenommen", antwortete Ursula.

„Ach ja…", sagte Sabine verwirrt. Kurz bevor sie die Tür öffnen wollte, zögerte sie und kehrte wieder zu ihrer Mutter zurück, um sich noch einmal mit einem Kuss von ihr zu verabschieden. Hatten sie sich eigentlich schon verabschiedet?

„Ich drück' dir die Daumen für die OP und Freitag sehen wir uns ja wieder", sagte sie noch mal, als müsse sie sich selbst davon überzeugen.

„Ja, bis Freitag. Und jetzt los. Du musst fahren."

„Ich fahre jetzt auch." Sabine ging durch die Tür. Bevor sie diese hinter sich schloss, schaute sie noch mal kurz zurück. Ursula winkte ihr zu, bevor sie mit verlorenem Blick aus dem Fenster schaute. Es war das letzte Mal, dass sie sich sahen.

Mit den Tränen kämpfend ging Sabine ganz schnell den Gang entlang zum Fahrstuhl. Erst als sie das Krankenhaus verlassen hatte, fing sie an zu weinen. Als sie das Auto erreichte, rief sie ihren Mann Paul an, um ihm zu sagen, was geschehen war.

„Stell dir vor, sie wollen noch mal operieren. Es hat sich wieder ein Loch gebildet." Paul war völlig entsetzt über die Nachricht. Doch er sorgte sich auch um Sabine: „Kannst du denn jetzt überhaupt Autofahren? Du bist ja völlig aufgelöst. Ich komme und hol dich ab."

„Nein, nein, das geht schon."

„Setz dich bitte in das Chinarestaurant am Krankenhaus und warte dort auf mich. Ich bin in einer Stunde da."

„Ja, du hast Recht. Ich versuche etwas zu essen."

„In Ordnung. Bis gleich."

Kurz nach Mitternacht rief Sabine im Krankenhaus an und fragte die Ärztin nach dem Befinden ihrer Mutter. Diese war zwar nicht selbst bei der Operation dabei gewesen, versicherte

Sabine aber, dass alles gut gelaufen sei. Näheres konnte sie ihr nicht sagen. Damit musste sich Sabine erst einmal zufrieden geben. Am nächsten Morgen rief Dr. Hilbig gegen sieben Uhr an und erklärte ihr, dass sie ein weiteres großes Stück Darm hatten entfernen müssen, da auch in dem gesunden Teil ein neues Loch aufgetreten war. Die Situation blieb heikel. Würden sich weitere Löcher bilden, wären die Ärzte gezwungen, den künstlichen Ausgang in Richtung Magen zu verlegen. Das würde die weitere Nahrungsaufnahme sehr erschweren. Ursula wäre dann auf eine Pflegekraft angewiesen, die ihr täglich künstliche Nahrung zuführen müsste. Sabine wusste, dass ihre Mutter das nicht verkraften würde.

Sie fragte den Arzt, wie es Ursula jetzt gehe. „Den Umständen entsprechend. Sie hat starke Schmerzen. Aber wir haben ihr ein Mittel dagegen gegeben. Wir können nur abwarten und hoffen, dass es diesmal hält. Es tut mir wirklich leid, dass es so gekommen ist. Ich kann mir vorstellen, wie Sie sich jetzt fühlen. Aber wir hatten keine andere Wahl." Als Sabine den Hörer auflegte, konnte sie nicht mehr aufhören zu weinen. Zwei Stunden später brach sie zu der Tagung auf.

Die Fahrt dorthin war eine Tortur. Sie fuhr mehrere Rastplätze an, um mit dem Krankenhaus zu telefonieren. Die Schwestern sagten immer das Gleiche: „Ihrer Mutter geht es den Umständen entsprechend." Sabine war in großer Unruhe. Es war schlimm, nur durch das Telefon über das Befinden ihrer Mutter informiert werden zu können. Wie gut, dass sie morgen zusammen mit ihrem Mann wieder hinfahren würde. Als sie am Abend von ihrer Geschäftsreise nach Hause kam, legte sie sich nach einem kurzen Abendessen mit Paul völlig erschöpft ins Bett. Sie fiel in einen unruhigen Schlaf.

Am nächsten Morgen um sieben, sie war noch im Halbschlaf, kam Paul an ihr Bett, um sie zu wecken. „Sabine, wach auf! Dr. Hilbig hat angerufen. Deiner Mutter geht es nicht gut. Ihr Blutdruck ist sehr niedrig und die weißen Blutkörperchen sind stark erhöht. Sie haben sie vorsichtshalber auf die Intensivstation verlegt. Wahrscheinlich müssen sie noch einmal operieren. Ich habe mit ihm vereinbart, dass wir gegen Mittag wieder telefonieren und uns am Nachmittag im Krankenhaus mit ihm treffen.". Sabine war schlagartig wach. Sie glaubte sich übergeben zu müssen. Paul nahm sie in den Arm und versuchte sie zu trösten. Aber es gelang ihm nicht.

Gegen zehn Uhr rief sie auf der Intensivstation an. Die zuständige Schwester sagte: „Es geht ihr unverändert. Sie fühlt sich zwar schlapp, aber empfindet es als nicht so dramatisch und versteht nicht, warum man sie auf die Intensivstation verlegt hat." Das beruhigte Sabine wieder etwas. Das war typisch ihre Mutter.

Drei Stunden später rief Dr. Hilbig erneut an. Paul nahm den

Hörer ab.

„Hier ist Hilbig. Es geht ihrer Schwiegermutter immer schlechter. Wir werden sie jetzt in der nächsten Stunde operieren. Es hat keinen Zweck noch länger zu warten. Wann werden Sie heute in die Klinik kommen?"

„Gegen halb vier", sagte Paul.

„Rufen Sie mich an, wenn Sie da sind. Dann können wir uns treffen", sagte Dr. Hilbig.

„Ja, in Ordnung, das machen wir. Und danke für Ihren Anruf." Paul legte den Hörer auf. „Sie wollen jetzt gleich operieren", sagte er zu Sabine.

Gegen 14.30 Uhr fuhren sie von zu Hause ab. Auf der Autobahn versuchte Sabine etwas zu dösen. Sie war sehr unruhig, aber auch sehr müde. Ihr Handy war eingeschaltet. Es klingelte. Ihr Herz fing an zu klopfen, aber die Nummer auf dem Display konnte sie nicht zuordnen. Es war ein geschäftlicher Anruf, den sie schnell wieder abwimmelte. Sie versuchte erneut zu dösen. Sie waren kurz vor dem Krankenhaus, als ihr Handy erneut klingelte. Diesmal erkannte sie die Nummer von Dr. Hilbig.

„Hier ist Hilbig. Sind Sie schon im Krankenhaus?"

„Nein, wir sind fast da. Wieso? Wie ist es gelaufen?"

„Wir sollten uns gleich in Ruhe unterhalten."

„Ja, aber was ist denn los?", fragte Sabine mit zittriger Stimme.

„Ich muss Ihnen leider die schlimmste aller Möglichkeiten mitteilen."

„Welche denn?", fragte sie panisch.

„Ihre Mutter ist soeben verstorben."

„*Neiiiin, nein, nein.* ", schrie Sabine „Sie ist tot, sie ist tot!". Sie schlug mit dem Kopf immer wieder gegen die Seitenscheibe des Autos. „Mutti ist tot." Paul hatte ihr das Handy abgenommen und hörte Dr. Hilbig sagen: „Es tut mir so leid. Ich werde Sie gleich unten im Foyer abholen."

Paul hielt mit bleichem Gesicht an. „Nein, fahr weiter, fahr weiter, ich will Dr. Hilbig sprechen." Sabine schrie ihn an. „Sie ist tot. Das kann doch nicht sein. Das kann nicht sein. Das kann nicht sein." Sie hörte nicht auf zu schreien.

Übergang

Ursula wurde gegen halb drei operiert. Aber schon vor der Narkose schwand ihr Bewusstsein immer mehr. Sie nahm alles nur noch wie durch einen Nebel wahr. Am Morgen hatte man sie auf die Intensivstation verlegt. Sie war schlapp und fühlte sich ein bisschen schwindelig. Aber richtig schlecht ging es ihr eigentlich nicht. Zwischendurch dämmerte sie immer wieder weg. Den Narkosearzt, der kurz vor der Operation zu ihr kam, nahm sie nur noch am Rande wahr. „Wollen die mich etwa wieder operieren?", dachte sie noch.

Die Ärzte versuchten vergeblich die Blutungen zu stillen. „Wir verlieren sie", rief Dr. Hilbig verzweifelt.

Ich bin ganz leicht. Geradezu beschwingt. Ich sehe alles von oben. Menschen in grünen Kitteln sind ganz aufgeregt. In der Mitte ist ein länglicher Tisch. Darauf liegt jemand. Neben dem langen Tisch steht ein kleiner Tisch. Darauf liegen allerhand Geräte. Messer, Skalpelle, Scheren und weiteres Werkzeug, das ich nicht näher zuordnen kann. Die Menschen in den grünen Kitteln, wahrscheinlich Ärzte, versuchen aufgeregt etwas mit demjenigen, der da auf dem Tisch liegt, zu machen. Ich träume wohl gerade von einer Operation. Kein Wunder bei den vielen, die ich jetzt schon hinter mir habe. Interessant ist, dass ich alles von oben betrachte. *Lass sie nicht sterben. Bitte nicht. Sie hat bis* *hierhin so tapfer durchgehalten. Bitte nicht…*Wessen Stimme ist das? Ich glaube, ich höre die Gedanken der im Raum anwesenden Menschen. *Oh nein, sie wird es nicht schaffen.* Ich frage mich, um welchen armen Teufel es sich da auf dem OP-Tisch handelt. Scheint nicht gut um ihn zu stehen. Plötzlich werden alle im Raum ganz ruhig. Seltsam. Ihre Bewegungen werden langsamer. Sie drehen an den Knöpfen der Geräte, die um den Tisch herum aufgebaut sind. Die Person auf dem Tisch ist durch mehrere Kabel mit den Geräten verbunden. Nachdem die Ärzte an den Knöpfen gedreht haben, entfernen sie die Kabel von der Person, dann ziehen sie ihr ein weißes Tuch über den Körper. Die Person auf dem Tisch scheint soeben gestorben zu sein. Ja, so kann es gehen. Ganz schnell. Ich sehe einen Mann, der sich seinen grünen Mundschutz langsam über den Kopf streift. Er sieht erschöpft und unendlich traurig aus. Ich zoome näher heran und erkenne Dr. Hilbig. Dr. Hilbig? Wen hat er denn da gerade operiert? Er sollte doch mich jetzt eigentlich unter seinem OP-Messer haben? Wieso hat er denn jemand anderen operiert? Ich versuche mich bemerkbar zu machen. „Dr. Hilbig? Dr. Hilbig…" Aber er reagiert nicht.

„Er kann dich nicht hören.", sagt eine Stimme links neben mir. Ich schaue mich um. Da ist eine Frau. Sie lächelt mich an. Wer ist sie? Sie kommt mir seltsam vertraut vor. Aber ich erkenne sie nicht. Ich habe sie noch nie in meinem Leben gesehen. Meint die wirklich mich? Oder ist da noch jemand? Aber sie scheint mich zu meinen. Wie ich schwebt sie in der oberen linken Ecke des Raumes. Ich bin irritiert. Das ist bestimmt noch die Auswirkung der Narkose. Man hört ja schon mal, dass man so allerlei Phantasien während der Narkose hervorbringt. Ich habe sogar mal gelesen, dass man dann alles von oben sehen kann.

„Nein, die Narkose ist es nicht. Du träumst auch nicht."

Mir wird langsam mulmig. Was hat das hier alles zu bedeuten? Wer ist diese Frau?

„Die Person auf dem Tisch da, das bist du. Du bist soeben gestorben."

„Ich? Blödsinn! Ich bin doch da! Hier....", sage ich, und während ich an mir herunter sehe, bemerke ich eine leichte Durchsichtigkeit meines Körpers. Das muss eine sehr heftige Narkose gewesen sein.

„Doch Ursula. Du bist eben gestorben, aber wie du richtig feststellst, lebst du auch noch. Nur deine Zeit auf der Erde ist soeben abgelaufen", sagt diese seltsame Frau nüchtern.

Ihre Lippen bewegen sich beim Sprechen keinen Deut, obwohl ich ihre Worte klar und deutlich höre. Aber was sagt sie denn da? Ich soll der arme Teufel da unten sein?

„Abgelaufen?", frage ich, „Wie meinst du das?" Ich stelle plötzlich fest, dass mein Körper nicht schmerzt. Er schmerzt seit den letzten sechs Monaten eigentlich dauernd. Außer wenn ich schlafe. Dann habe ich Ruhe. So wie jetzt.

„Du schläfst nicht. Du träumst auch nicht. Du bist nur gestorben. Du hast die Ebene gewechselt. Hier gibt es keine körperlichen Schmerzen. Deine Zeit ist soeben abgelaufen."

Absurderweise fällt mir gerade jetzt die Zeile eines Sankt-Martin-Liedes aus meiner Kindheit ein: *Mein Licht ist aus, ich geh nach Haus. Rabimmel rabammel rabum bum bum....*

Ich zoome die Person auf dem Tisch heran und erkenne sie, das heißt mich, durch das weiße Laken hindurch. Abgekämpft sehe ich aus und blass. Als hätte ich all mein Blut verloren. Reglos liegt mein Körper da. Ich schwebe über mir und nehme Abschied von dem, was von mir übrig geblieben ist. Viel ist es nicht.

„Das warst du. Was jetzt da unten liegt, war dein Körper für dein Leben als Ursula. Den brauchst du jetzt nicht mehr. Löse dich davon."

Ich schaue an mir hinunter. Mein jetziger Körper sieht dem alten sehr ähnlich. Er ist eben nur etwas durchsichtiger. Während ich zwischen meinem neuen und meinem alten Körper hin und her schaue, realisiere ich langsam die Situation. Ich weiß nicht, was ich davon halten soll.

Ich bin also tot. Seltsamerweise bekomme ich einen Lachkrampf. Eine Überreaktion wahrscheinlich. Oder doch die Narkose? Ich lache und lache, wenn man das in meiner Situation überhaupt sagen kann. Ich kann gar nicht mehr aufhören. Das ist ja unglaublich. Da hat man ein Leben lang Angst vor dem Tod. Und wenn man dann wirklich stirbt, dann merkt man es noch nicht einmal. Und wenn man es merkt, stirbt man fast ein zweites Mal vor Lachen. Sehr absurd das Ganze. Ich fühle mich so frei und unbeschwert. Alles fällt von mir ab. Ich bin so leicht. Ohne Gewicht. Ich fühle keine Beschränkungen mehr. Herrlich. Es ist wie in einem wunderschönen Traum, nur dass es eben kein Traum ist. Ich bin soeben gestorben und lebe noch. Diese Erkenntnis versetzt mich in große Freude. Der Tod ist eine echt einfache Angelegenheit.

„Erste Lektion gelernt."

Ich schaue mich um. Stimmt, da war ja noch jemand....

Die Frau ist noch da und lächelt mir aufmunternd zu.

„Was meinst du damit?"

„Das ist die erste Lektion der Neuankömmlinge. Sie stellen fest: Den Tod gibt es nicht. Und der Tod ist eine echt einfache Angelegenheit.

Sabine. Der Gedanke an sie lässt meine neue Leichtigkeit verschwinden. Wollte sie nicht heute kommen? Ich muss ihr Bescheid sagen, dass ich soeben gestorben bin. Das wird sie nicht gerade begeistern. Wie wird sie es verkraften? Kaum denke ich das, bin ich auch schon bei ihr. Sie und ihr Mann Paul sitzen im Auto und sind auf dem Weg zu mir in die Klinik. Sabine döst vor sich hin. Ich sehe alles vom Rücksitz aus. Ich streichle Sabine über den Hinterkopf. Ihr Haar fühlt sich etwas rau an. Ja, ich spüre es. Ich kann es genau fühlen, so wie ich es immer gefühlt habe, wenn ich ihr über den Kopf streichelte. Spürt sie mich auch? Sie kratzt sich genau an dieser Stelle. „Sabine, Liebes, ich bin soeben gestorben. Du brauchst dir keine Sorgen zu machen, mir geht es gut. Sabine?" Ich glaube, sie hört mich nicht. Ich versinke in eine tiefe Traurigkeit, als ich keine Reaktion bei ihr wahrnehme. „Sabine, Sabine?" versuche ich es erneut. Aber nichts passiert. Sie döst weiter vor sich hin. Ich kann ihre Gedanken fühlen. Sie hat große Angst um mich. Ich spüre, wie ihr ein Kloß im Hals sitzt. Das belastet mich sehr. Wie kann ich ihr helfen? Wie kann ich ihr mitteilen, dass es mir gut geht? Ich höre wieder die Stimme der unbekannten Frau. „Sie hört dich nicht. Sie wird gleich von deinem Tod erfahren. Wir alle hier und dort werden sie stützen." Die Frau - oder ist sie ein Engel? - sitzt neben mir auf dem Autorücksitz. Als sie mich anlächelt, werde ich sofort ruhig. Dann streckt sie mir ihre Hand entgegen. Ich ergreife sie, weil ich ihr vertraue.

Plötzlich werde ich von einer Kraft angezogen. Es ist nicht unangenehm. Ich entferne mich blitzschnell von der Szenerie im Auto und finde mich in einem Tunnel wieder. Ich spüre einen starken Sog am Scheitelpunkt des Kopfes. Des jetzigen Kopfes. Es ist, als ziehe mich jemand an meinen Haaren. Der Sog wird stärker und stärker. Er katapultiert mich einem Licht entgegen. Es ist ein Licht am Ende des Tunnels. Ein wunderbares Licht. Magisch fühle ich mich davon angezogen. Ich scheine in einer unglaublichen Geschwindigkeit dem Licht entgegen zu gleiten. Das Verlangen dort hin zu gelangen, wird immer stärker. Das Licht kommt näher und näher. Es ist sehr hell und blendet mich. Es ist so grell, kaum auszuhalten. Da kann ich nicht rein, ich werde verbrennen. Panik ergreift mich. Erfolglos versuche ich mich abzuwenden. Ich schaffe es nicht. Die Frau taucht wieder vor mir auf. Da ist wieder dieses Lächeln. Ich beruhige mich etwas. Das Licht kommt unaufhaltsam näher. Ich gewöhne mich an diese Helligkeit. Am Tunnelende sehe ich Gestalten, die mir zuwinken. Ich erkenne meinen Vater und meine Großmutter. Dann tauche ich in das Licht ein. Es umhüllt mich. Eine unbeschreibliche Glückseligkeit und Geborgenheit erfüllen mich. Liebe und Frieden durchströmen mich. Ich habe das Gefühl, dass ich nur noch aus Licht bestehe. Ich lasse los. Alles ist still. Ich bin ganz klein. Zusammengezogen. Meine Wahrnehmungen schwinden. Nichts dringt mehr in mich ein. Keine Schmerzen, keine Gedanken, keine Sorgen oder Ängste. Ich bin eine kleine Kugel. Ich bin vollkommen. Ich bin Liebe. Unendlicher Frieden.

Ankunft

Wo bin ich? Ich schaue mich um. Ich bin in einem Raum. Alles ist freundlich und hell. Die Wände des Raumes sind gelb. Ich kann einen Garten sehen. Wo bin ich hier? Noch im Krankenhaus? Eine Treppe führt aus dem hellen Zimmer direkt in einen Garten. Seltsam. Es sieht alles ganz anders aus als ich es gewohnt bin. Ich gehe in den Garten. Dabei kann man nicht eigentlich von Gehen reden. Denn als ich den Entschluss fasse, in den Garten zu gehen, bin ich schon drin. Sofort. Einfach so! Die Treppe hätte man sich sparen können. Ein verschlungener Weg durch blühende Sträucher führt zu einer kleinen Lichtung, in der eine Bank steht. Überall ist Licht. Woher kommt das ganze Licht? Ich suche nach einer Quelle, kann aber keine finden. Auch eine Sonne fehlt. Trotzdem leuchtet alles, was der Szenerie einen unwirklichen Eindruck verleiht. In der Ferne höre ich Töne, die sich harmonisch zu einer wohlklingenden Musik zusammenfügen. Die mich umgebenden Blumen leuchten in allen möglichen Farben, die ich nicht näher beschreiben kann, weil ich solche Farben zuvor noch nie gesehen habe. Es geht ein betörender Duft von ihnen aus. Ich fühle mich beschwingt. Äußerst angenehm. In der Mitte ist ein kleiner See, dessen Ufer mit Gräsern und Farnen bewachsen ist. Ich beschließe ein Bad zu nehmen. Ich schaue an mir hinunter und entdecke, dass ich keine Kleidung trage. Ich strecke einen Fuß hinein. Dann den zweiten. Es fühlt sich gut an und so steige ich in den wohl temperierten See. Prickelndes Wasser umgibt meinen ganzen Körper und hat eine äußerst belebende Wirkung. Ich fühle mich quicklebendig. Ich tauche ab und schaue mich im See um. Wundersame fischähnliche Wesen schwimmen mir entgegen. Ich streichle sie, während sie meinen Körper umschmeicheln. Das Atmen unter Wasser ist kein Problem. Ein toller Traum ist das. Das muss ich Sabine erzählen, wenn sie heute kommt. Kaum denke ich an sie, ändert sich die Umgebung. Ich bin wieder in dem Zimmer von soeben, das mit den gelben Wänden. Schade, das war so ein schöner Traum. Wieso sind hier eigentlich die Wände gelb? Haben sie mich in ein anderes Zimmer verlegt? Oh, da steht eine Frau im Zimmer. Von ihr geht ein merkwürdiges Strahlen aus. Wer ist das? Sie sieht aus wie ein Engel.

Plötzlich erinnere ich mich wieder an alles. Ich erinnere mich daran, dass ich soeben gestorben bin, und dass diese Frau mich darüber aufgeklärt hat. Ich erinnere mich daran, hinten im Auto von Sabine und Paul gesessen zu haben, als die Frau plötzlich neben mir war und meine Hand ergriff. Und an den Tunnel, an dessen Ende ein wundervolles Licht auf mich wartete, durch das mir mein Vater und meine Großmutter zuwinkten. Ich erinnere mich an die Glückseligkeit während des Eintauchens in das Licht und an das Wiedersehen mit meinen Lieben. Danach erinnere ich mich an nichts mehr.

Und jetzt? Wo bin ich jetzt? Eine bekannte Stimme antwortet

auf meine unausgesprochene Frage.

„Man könnte sagen, dass du dich in einer Art Aufwachstation befindest", sagt das engelgleiche Wesen, das mir im OP-Saal zum ersten Mal begegnet war.

„Wie bitte?", frage ich etwas ratlos.

Daraufhin antwortet sie mir: „Wir sind hier in einer Art Sanatorium. Du kannst dich erst mal von den Strapazen der letzten Monate erholen. Wir sind alle sehr um dein Wohlergehen besorgt."

Ich schaue sie etwas verwundert an: „Wir? Wer ist `Wir´?"

„Ich und das Team. Hier gibt es hochkarätige Spezialisten, die auf Fälle wie den deinen spezialisiert sind."

„Auf Fälle wie meinen? Was ist denn mein Fall?"

„Dein Leben war zum Ende hin sehr anstrengend. Wie du dich vielleicht erinnerst, waren deine körperlichen und psychischen Strapazen in den letzten Monaten sehr groß. Hier kommen diejenigen hin, die viel Energie verloren haben und erst einmal wieder zu Kräften kommen müssen." Das ist aber nett.

„Ich erinnere mich, dass ich meinen schon lange verstorbenen Vater und meine Großmutter gesehen habe. Am Ende eines Tunnels", sage ich.

„Sie haben dich hier willkommen geheißen. Die meisten

Neuankömmlinge werden von schon verstorbenen Freunden und Verwandten begrüßt."

„Und wo sind sie jetzt?", frage ich.

„Du kannst sie jederzeit wieder sehen, wenn du möchtest. Aber wenn du damit einverstanden bist, führe ich dich zunächst in deine neue Welt ein."

„Wie lange ist es her, dass ich gestorben bin?", frage ich nachdenklich, während ich neben der Frau herschwebe. „Hm, schwer zu sagen, da es hier so etwas wie Zeit nicht gibt. Für deine noch lebenden Lieben sind ungefähr sechs Monate vergangen."

„Sechs Monate?" Ich bin verblüfft. Ich bin doch eben erst gestorben!

Das Engelwesen lächelt mich verständnisvoll an. „Doch meine Liebe, das kann sein. Das Zeitempfinden ist hier ein anderes." Aha. Ich blicke sie verstohlen von der Seite an. Dann fasse ich mir ein Herz und stelle die Frage, die mir schon die ganze Zeit auf den Nägeln brennt.

„Wer bist du eigentlich?"

Sie blickt mich freundlich an. „Ich bin deine persönliche Helferin. Nenn mich einfach Celine. Ich begleite dich nun schon eine ganze Weile: vor deiner Geburt, dann dein gesamtes Lebens hindurch und eben jetzt danach."

In ihrer Gegenwart fühle ich mich aufgehoben und geborgen.

Plötzlich sehe ich Sabine vor meinem inneren Auge. Eine schmerzhafte Sehnsucht ergreift mich. „Was ist mit Sabine?"

Kaum stelle ich diese Frage, sehe ich meine Tochter. Sie sitzt im Auto und schlägt dauernd mit ihrem Kopf an die Autoscheibe des Beifahrersitzes. Ich spüre, dass sie soeben von meinem Tod erfahren hat. Ihr ganzer Schmerz dringt zu mir durch. Es zerreißt mir das Herz. Wie kann ich ihr helfen? Sie schreit und weint. Ich versuche verzweifelt, mich irgendwie bemerkbar zu machen. Aber meine Berührungen lösen lediglich ein Jucken bei ihr aus. ‚Sabine, ich bin bei dir und ich lebe noch. Ich bin nicht weg.' Was kann ich nur tun? Ich möchte sie in den Arm nehmen, sie trösten und ihr sagen, dass es mir gut geht. Aber sie kann mich nicht wahrnehmen. Ich verfolge die Szene weiter. Sie und Paul gehen jetzt ins Krankenhaus. Dort kommt ihnen Dr. Hilbig entgegen. Er nimmt Sabine in die Arme, um sie zu trösten. Sie schluchzt hemmungslos. Er bringt sie in ein freies Behandlungszimmer, um mit ihr zu reden. Paul wartet vor der Klinik auf Sabines Vater Wolfgang, mit dem sie sich eigentlich verabredet hatten. Dr. Hilbig und Sabine treten jetzt in das Behandlungszimmer ein. Dort wartet schon Dr. Müller auf die beiden. Plötzlich sehe ich eine andere Szene, die nichts mit dieser hier zu tun hat. Ich sehe Dr. Müller in einer Art Schwesternzimmer. Er hat mich soeben operiert. Es ist meine dritte Operation. Er teilt Sabine mit, dass ich womöglich sterben werde. Ich spüre deutlich ihren Schock und ihre Ungläubigkeit. Das Gespräch muss einige Wochen vor meinem Tod stattgefunden haben. Merkwürdig, Sabine hat mir nie etwas davon erzählt. Ihre Ablehnung gegenüber Dr. Müller fühle ich deutlich. Aber auch seine Hilflosigkeit und Verhärtung erkenne ich. Im nächsten Moment verblasst die Szene wieder. Sabine erinnert sich an dieses Gespräch, als sie Dr. Müller sieht. Ich kann das, was sie denkt und fühlt in Bildern und in eigenen Gefühlen wahrnehmen. Eine neue und seltsame Erfahrung für mich. Nachdem sie Dr. Müller kurz die Hand reicht, setzt sie sich auf einen der beiden Stühle, die neben einem Bett stehen. Dr. Hilbig setzt sich neben sie. Sabine weint unentwegt. Er nimmt ihre Hand. Ich staune wieder darüber, wie einfühlsam dieser Arzt ist. Dann reicht er ihr ein Taschentuch. „Sollen wir Sie erst einmal einen Augenblick alleine lassen?" „Nein", sagt mein kleines Mädchen tapfer. Er erklärt ihr nun, was geschehen ist. Ich empfinde deutlich seine Verzweiflung und Trauer und sehe, wie sehr er um mich gekämpft hat. Aber er denkt, er hätte versagt und mich verloren. Ich erkenne, dass auch er vor nicht allzu langer Zeit seine Mutter verloren hat. Seine ganze Trauer, Hoffnungslosigkeit, seine Verbitterung aber auch die Zweifel an seinem Beruf, drohen ihn in diesem Moment zu überwältigen. Könnte ich mich ihm bloß mitteilen. Aber auch er kann mich nicht wahrnehmen. So gerne würde ich ihn in den Arm nehmen und ihm noch einmal für alles danken, was er in den letzten Wochen meines Lebens für mich getan hat. Aber es geht nicht.

Es ist so schrecklich, diese ganze Verzweiflung und Trauer zu spüren, ohne etwas tun zu können.

Sabine möchte mich noch einmal sehen. Auf dem Weg zu meiner Leiche holen sie Paul in der Empfangshalle des Krankenhauses ab, damit auch er sich von mir verabschieden kann. Wolfgang möchte mich lieber wie zu Lebzeiten in Erinnerung behalten. Inzwischen haben mich die Krankenschwestern in einer der Kabinen im OP-Saal aufgebart. Mein Körper ist mit einem weißen Leinentuch bedeckt. Nur den Kopf sieht man noch. Mein Haar sieht seltsam zerzaust aus. Etwas strohig. Meine Stirn liegt in Falten und mein Kinn wird durch eine Stütze gehalten, damit es nicht herunterklappt. Ich spüre Sabines Schmerz. Mit Tränen in den Augen gibt sie mir einen letzten Kuss auf meine kalte Stirn und wünscht mir eine gute Reise. Auch Paul verabschiedet sich von mir. Er streichelt mir über das zerzauste Haar.

Danach gehen sie auf mein Krankenzimmer, in dem ich die letzten Wochen meines Lebens verbracht habe. Neben ihnen her schwebend, stelle ich interessiert fest, dass all meine Sachen herausgeschafft wurden. So, als wäre ich nie hier gewesen. Über das Bett haben sie eine Plastikfolie gezogen, so dass es für den nächsten Patienten bezugsfertig ist. Eine Krankenschwester führt Sabine in ein kleines Zimmerchen, in dem sie die persönlichen Utensilien der Toten aufbewahren, bis sie von den

Angehörigen abgeholt werden. Alles, was von meinem Krankenhausaufenthalt übrig geblieben ist, befindet sich gepackt in der Reisetasche, mit der ich vor sechs Wochen das Krankenhaus betreten habe. Mich interessiert das nicht mehr, aber für Sabine ist das alles sehr schlimm.

Ich berühre Sabines Kopf. „Ich bin doch noch bei dir."

„Sie nimmt dich nicht wahr", sagt Celine. Da ist sie wieder. Sofort fühle ich mich besser.

„Wieso kann ich sie sehen, wenn ich tot bin?"

„Bist du tot? Fühlst du dich denn so?"

„Nein, eigentlich nicht.", antworte ich nachdenklich.

„Der Tod ist eine Illusion. Wir können nicht sterben. Unsere Essenz ist ewig. Dein Körper lebt nicht mehr. Er ist vergänglich. Aber, wie du merkst, bist du mehr als dein Körper."

„Aber wieso kann mich Sabine dann nicht wahrnehmen?", frage ich traurig.

„Hier in dieser Welt herrschen andere Gesetze. Die Gesetze, die du von deinem irdischen Leben her kennst, gelten hier nicht. Wir kennen weder Raum noch Zeit. Deswegen kannst du auch die Situation sehen, in der Sabine von deinem Tod erfährt, obwohl dieser nach Erdenzeit schon sechs Monate vorbei ist. Du kannst in der Zeit vor und zurück reisen. Gedanken haben hier eine viel größere Wirkung. Du denkst an deine Tochter und sofort bist du bei ihr. Du siehst, du bist nicht von deiner Tochter getrennt. Du kannst immer bei ihr sein. Viel, viel näher als im irdischen Leben, weil du auch ihre Gedanken und ihre Emotionen empfinden kannst."

„Stimmt, aber sie kann mich nicht wahrnehmen", stelle ich frustriert fest. „Welche Möglichkeiten habe ich, um Kontakt zu ihr herzustellen?"

„Du kannst sie durch ihre innere Stimme erreichen, vorausgesetzt sie ist frei dafür."

„Wie meinst du das, vorausgesetzt sie ist frei dafür?"

„Die Menschen sind nicht immer frei für ihre innere Stimme. Sie sind leider sehr oft besetzt mit anderen Dingen, so dass sie ihre innere Stimme selten hören. Aber wenn deine Tochter in der Tiefschlafphase ist, wird sie für eure Begegnung offen sein, auch wenn sie sich beim Aufwachen nicht mehr daran erinnern kann."

Ich werde den Kontakt zu ihr finden. Das weiß ich.

Ich löse mich von der Szene im Krankenhaus und bin wieder mit Celine im jenseitigen Sanatorium. Mir ist ein wenig schummrig.

„Du brauchst keine Angst zu haben", sagt Celine. „Ich führe dich in die neue Welt ein. Vieles wird zunächst ungewohnt sein. Aber das gibt sich mit der Zeit. Du wirst sehen, dass du hier unendlich viele Möglichkeiten hast. Du musst nur lernen, sie zu nutzen. Ich werde dir dabei behilflich sein. Vorausgesetzt, du möchtest es. Alles geschieht hier nur mit deinem Einverständnis. Und Eile werden wir nicht haben." Sie lächelt mich aufmunternd an.

„Und wenn ich nicht möchte, was ist dann? Was passiert dann?", frage ich herausfordernd.

„Deine Eingewöhnung wird etwas länger dauern. Vielleicht wirst du einige verwirrende Erfahrungen machen, weil du mit den Gesetzen hier nicht vertraut bist. Deine Möglichkeiten werden dann zunächst eingeschränkt sein."

Ich werde neugierig. „Was sind denn das für Möglichkeiten?"

„Du kannst dir hier beispielsweise alles, was du möchtest, selbst konstruieren. Probiere es aus. Denke an etwas, was du dir auf der Erde sehr gewünscht hast. Fang vielleicht mit etwas Kleinem an."

Mir fällt etwas sehr Banales ein: ein Steak mit Kräuterbutter. Einfach köstlich. In den letzten Wochen meines Lebens habe ich ausschließlich Flüssignahrung bekommen, um den Darm zu schonen. Neben den Schmerzen war der unstillbare Appetit die größte Qual. Kaum denke ich an ein Steak, steht es auch schon vor mir. Mit Kräuterbutter. Das ist wirklich erstaunlich. Ich beginne zu experimentieren. Eine Beilage dazu wäre nicht schlecht. Vielleicht Pommes Frites und Erbsen oder ein Salat? Kaum denke ich daran, liegen neben dem Steak eine Portion Pommes Frites und Erbsen… im Salat. Hm. So war das aber nicht gemeint. Celine scheint das sehr zu amüsieren.

„Für den Anfang nicht schlecht", schmunzelt sie. „Magst du Erbsen im Salat?", fragt sie schelmisch.

Nun gut, da ich keine Erbsen im Salat mag, probiere ich es noch einmal. Ich stelle mir nun sehr deutlich ein Steak, eine Portion Pommes Frites und eine separate Portion Erbsen neben dem Steak vor. Der Salat landet in einer extra Schüssel. Na bitte, es geht doch. Vor mir steht alles genau so, wie ich es mir gedacht habe. Ich strecke meinen Finger aus, um zu prüfen, ob auch alles wirklich echt ist. Das Fleisch gibt elastisch nach und ist heiß, die Pommes Frites hinterlassen einen leichten Fettfilm an meinen Fingern und die Erbsen kullern locker über den Teller. Ich bin fast überzeugt. Aber nun stellen sich zwei wesentliche Fragen. Erstens: kann ich etwas schmecken? Und zweitens: kann ich das jetzt auch essen? Einen Verdauungstrakt habe ich ja schließlich nicht mehr. Oder?

„Den brauchst du hier auch nicht", beantwortet Celine prompt meine Gedankengänge. „Hier reicht die Vorstellung zu essen aus. Die Empfindung folgt sogleich." Das hört sich praktisch an und ich probiere es aus. Ich stelle mir intensiv vor, dieses Steak mit den Erbsen, den Pommes Frites und dem Salat zu essen. Es funktioniert. Ich spüre jeden Bissen. Das saftige Steak, krosse Pommes Frites und weiche Erbsen. Ich kaue ganz wie früher. Nur dass ich es nicht wie erwartet genieße. Seltsam. Es interessiert mich einfach nicht besonders. „Na siehst du, es geht doch", sagt Celine mit einem breiten Grinsen. „Dass du es nicht so genießt wie zu Lebzeiten, hängt damit zusammen, dass sich deine Bedürfnisse auf dieser Ebene ändern. Das ist völlig normal. Die Ausprägungen der leiblichen Bedürfnisse lassen am schnellsten nach."

Himmel und Hölle

„Sag mal, Celine, bin ich im Himmel?"

Celine blickt mich fragend an: „Meinst du denn, dass es so ist?", sie lacht. „Wenn deine Vorstellungen vom Himmel genau diese sind, dann ist es wohl so", antwortet sie salomonisch. Sie spürt meine Verunsicherung. „Mach dir keine Sorgen, Ursula. Ich werde dir alles nach und nach erklären. Dazu bin ich da. Jeder Neuankömmling hat einen persönlichen Helfer, der ihn in dieser Welt unterstützt. Hinzu kommen noch weitere Helfer, die speziell für die Ankunftsebene ausgebildet sind. Alle zusammen sind wir bemüht, es dem Ankömmling so angenehm und leicht wie möglich zu machen, immer vorausgesetzt, er lässt es zu."

„Lässt es denn nicht jeder zu?", frage ich Celine.

„Nein, es gibt Seelen, die können bestimmte Begebenheiten hier nicht annehmen, da sie mit ihren eigenen Vorstellungen ankommen und sich zunächst dagegen sträuben diese abzulegen. Also finden sie hier genau das vor, was sie mitgebracht haben. Es erfordert dann besonderes Geschick unsererseits, diese Menschen hier einzuführen. Neulich hatten wir jemanden, der sein Leben lang darauf bestanden hatte, ein Atheist zu sein. Aber tief in seinem Inneren war er davon überzeugt, dass - sobald er die Himmelspforten durchschreiten würde - ihn ein Racheengel abholen und ihn geradewegs in die Hölle schicken würde, um ihn dort für seine Missetaten zu bestrafen. Na ja, als er dann das Zeitliche segnete, konnte ihn nichts und niemand von dieser Überzeugung abbringen. Wir mussten also besonders trickreich vorgehen, um ihn noch ins Licht führen zu können. Einer unserer Jenseitshelfer spielte einen Racheengel, der ihn, so wie er es erwartete, in die Hölle verbannte. Dort machte er Anstalten unseren Mann zu malträtieren. Zum Glück war unser Verstorbener aber auch davon überzeugt, einen Schutzengel zu haben. Das machte uns die Sache leichter. So tauchte dann sein persönlicher Helfer als Schutzengel auf. Die beiden fochten dann ein Scheingefecht aus, in dem sie sich angeblich um die Seele des Mannes rissen. Der arme Kerl fühlte sich dann auch zunächst bis zum Zerreißen zwischen beiden gespannt. Aber dann verschmolzen die beiden letztlich zu einem und klärten ihn über seine Situation auf. Erst nach diesem Kampf war er bereit, seine Überzeugung aufzugeben und ihnen ins Licht zu folgen."

„Ihr habt es aber auch nicht immer leicht", stelle ich fest. Sogar das Jenseits kann anstrengend sein. Das würde Einige auf der Erde gar nicht begeistern.

„Das kann ich dir sagen, aber wir tun unser Bestes", erwidert Celine augenzwinkernd.

Richard, mein damaliger Lebensgefährte, fällt mir plötzlich ein. Ihm bin ich bis jetzt noch gar nicht begegnet.

„Er ist noch im Geistergürtel", antwortet Celine auf meine Gedanken.

„Im Geistergürtel? Was ist denn das?", frage ich verwundert. Nur langsam gewöhne ich mich daran, stets auf Neues zu stoßen.

„Der Geistergürtel ist ein erdnaher Bereich oder auch ein Zwischenbereich. Er ist weder Diesseits noch Jenseits. Menschen oder Seelen, die sich dort befinden, können ihr vergangenes Erdendasein nicht loslassen oder leben mit der Vorstellung von der soeben beschriebenen Hölle."

„War der Mann, dessen ´Heimgang´ du soeben beschrieben hast, auch im Geistergürtel?"

„Nein, noch nicht. Aber wenn es uns nicht gelungen wäre, ihn zu überzeugen, wäre er wahrscheinlich dort hingekommen."

Ich denke nach und frage mich, wer denn noch dort landen könnte. „Kommen Menschen, die sich grausame Dinge in ihrem Leben haben zu Schulden kommen lassen, in den Geistergürtel?"

„Nicht unbedingt", erklärt mir Celine. „Wobei viele Seelen, die für Erdenbegriffe grausame Dinge getan haben, zunächst häufiger im Geistergürtel ankommen. Das hängt einfach damit zusammen, dass es in ihrem Bewusstsein kein Licht gibt. Sobald es ihnen begegnet, haben sie eine unglaubliche Angst davor und wenden sich ab. Wenn sie sich jedoch von uns überzeugen lassen, müssen sie nicht dort hingelangen. Es können sich aber auch Seelen im Geistergürtel wieder finden, die sich wenig oder nichts haben zu Schulden kommen lassen. Es hängt einfach mit ihrem Bewusstseinszustand zusammen. Menschen, die beispielsweise durch einen plötzlichen Tod, einen Unfall, einen Mord oder einen Herzschlag von jetzt auf gleich aus dem Leben scheiden, begreifen oft nicht, dass sie gestorben sind und können ihren Tod nicht akzeptieren. Sie verstehen nicht, warum sie von ihren noch lebenden Lieben nicht mehr wahrgenommen werden und versuchen dann krampfhaft sich bemerkbar zu machen. Das kann eine sehr frustrierende Erfahrung sein. Manche bleiben durch eine überaus starke Sehnsucht nach einem physischen Körper im Geistergürtel stecken. Oder sie sind noch von sehr starken Gefühlen besetzt wie Rache, Hass oder besitzergreifender Liebe zu einem noch lebenden Menschen. All diese Begebenheiten können dazu führen, dass sich die Seele eines Menschen, wenn der Körper gestorben ist, konsequent vom Licht abwendet und es stattdessen vorzieht, im erdnahen Bereich zu verweilen."

„Und warum ist Richard dort?"

„Er ist noch nicht bereit seinen Tod zu akzeptieren."

„Wie? Immer noch nicht?" Ich bin sehr erstaunt. Er ist immerhin schon fünfzehn Jahre tot – nach meiner alten Zeitrechnung.

„Erlebt man denn im Geistergürtel immer eine Hölle?" Die

Vorstellung erscheint mir sehr grausam.

„Auch hier hängt es davon ab, was im Bewusstsein oder in der Vorstellung dieser Seelen verankert ist. Wenn sie in einer Welt von Gewalt, Rache, Hass und Zerstörung gelebt haben und an diese Realität der Welt glaubten, werden sie genau diesen Zustand dort vorfinden. Seelen, die in friedlicheren Vorstellungen gelebt haben, sich aber aufgrund der soeben genannten Situationen im Geistergürtel befinden, können auch dort durchaus vergnügliche Zeiten haben."

Das beruhigt mich ein wenig. „Und wo besteht dann der Unterschied zu hier?"

„Hier kann man sich entwickeln. Im Geistergürtel nicht", antwortet Celine kurz und bündig, aber meine Neugier ist noch nicht gestillt.

„Warum nicht?"

„Wenn man als Mensch auf der Erde materialisiert ist, hat man ein bestimmtes Bewusstseinslevel. Stirbt man, hebt sich dieser Level mit dem Eingang in unsere Ebene automatisch an. Landet man jedoch im Geistergürtel, sinkt er ab."

„Aha, das klingt aber wenig verlockend. Und wenn ich als Seele erst einmal im Geistergürtel gelandet bin, gibt es denn Möglichkeiten dort wieder herauszukommen?"

„Ja, die gibt es.", erklärt Celine geduldig. „Sobald das Bedürfnis auftaucht sich von diesem Zustand zu lösen, öffnet sich das Bewusstsein, so dass es uns Helfern aus dieser Ebene möglich ist, zu der Seele im Geistergürtel durchzudringen und ihr zu helfen. Eine Seele, die sich im Geistergürtel befindet, kannst du mit einem Haus vergleichen, dessen Fenster, Türen und Rollladen verriegelt sind, so dass kein Licht mehr hinein kommen kann. Sobald sich aber das Rollo nur einen Millimeter öffnet, kann wieder Licht ins Haus eindringen. Wir sind das Licht, das sich Zugang zu den Seelen verschafft, wenn sie uns lassen."

„Zum Glück bin ich hier heil angekommen", stelle ich erleichtert fest. Das Jenseits meint es wohl gut mit mir.

„Das war deine Entscheidung. Erinnerst du dich? Du hattest zunächst auch Probleme mit dem Licht."

Nur zu gut erinnere ich mich an den kurzen Moment der Panik im Tunnel und den intensiven Drang mich abzuwenden. Bis ich Celine sah, was mich soweit beruhigte, dass ich weitergehen konnte.

„Siehst du, und Richard hat sich durch seine Helferin nicht beruhigen lassen. Er kehrte dem Licht den Rücken und ging in den Geistergürtel."

„Und jetzt? Kann ich ihn besuchen oder ihn dort heraus holen?" „Nein, vorerst nicht. Er ist noch nicht bereit", sagt Celine knapp und gibt mir unmissverständlich zu verstehen, dass sie das Thema damit für beendet hält. Na gut, ich füge mich. Vielleicht kann man ja später noch einmal darauf zurückkommen.

Beerdigung

Eine Woche war seit Ursulas Tod vergangen, und meist zog Sabine es vor, mit ihrer Trauer allein zu sein. So auch jetzt, am Abend vor der Beerdigung. Sie saß im Bett und zündete sich eine Zigarette an. Immer wieder schaute sie auf das Foto ihrer Mutter, das sie vor anderthalb Jahren auf einem gemeinsamen Spaziergang aufgenommen hatte. Ursula stand im Schnee mit einem Sträußchen Tannenzweigen in der Hand und lächelte spitzbübisch in die Kamera. Sabine erinnerte sich an diesen Spaziergang. Sie hatten über Sabines anstehende Selbstständigkeit gesprochen. Schmerzerfüllt schaute sie auf das Foto. Sie hatte sich vorgenommen, ihrer Mutter einen Abschiedsbrief ins Grab zu legen. Jetzt auf dem Bett sitzend, dachte sie nach, wie sie ihre Gefühle in Worte fassen konnte. Dann schrieb sie einfach das, was sie ihrer Mutter gesagt hätte, wäre sie jetzt bei ihr:

> Mutti, du hast dich entschlossen zu gehen. Ich kann dich sehr gut verstehen. Wahrscheinlich hätte ich eine ähnliche Entscheidung in deiner Situation getroffen. Auch wenn ich nicht genau weiß, wo du jetzt bist, wir werden immer miteinander verbunden sein. Obwohl ich mich vor Kummer kaum zu lassen weiß, ist es mir ein

Trost zu wissen, dass es dir nun besser geht. Denn davon bin ich überzeugt. Du warst immer glücklich, wenn es mir gut ging und ich war immer glücklich, wenn es dir gut ging. Also versuche ich auch jetzt glücklich zu sein, weil es dir gut geht.

Du warst mir eine wundervolle Mutter und Freundin und ich bin so stolz darauf, deine Tochter zu sein. Ich werde dich immer lieben und danke dir für alles, was du für mich getan hast. Ich wünsche dir eine wunderschöne Reise. Wir werden uns wiedersehen.

Deine Tochter Sabine

Als sie den Brief fertig geschrieben hatte, ging es ihr etwas besser. Zu einem Bild von ihr und Paul legte sie eine Reihe von Fotos mit Bäumen und Wiesen, die ihre Mutter immer so sehr geliebt hatte. Sie wickelte alles zu einer Rolle und band sie mit einer Schleife zusammen. Ihre Augen füllten sich erneut mit Tränen. Dann legte sie die Rolle beiseite, machte das Licht aus und versuchte zu schlafen.

Als sie nach einer unruhigen Nacht am nächsten Morgen aufwachte, war ihr erster Gedanke: 'Mutti ist tot. Sie wird heute beerdigt.' Tränen liefen ihre Wangen hinunter. Unablässig fragte sie sich, wie sie diesen Tag wohl durchstehen sollte. Bis jetzt war sie in ihrem Leben erst auf zwei Beerdigungen gewesen. Aber keiner der Verstorbenen hatte ihr so nahe gestanden. Was würde sie empfinden, wenn sie den Sarg mit ihrer Mutter in der Erde verschwinden sähe?

Nachdem sie sich ein paar Mal hin und her gewälzt hatte, stieg sie mühsam aus dem Bett und schob sich automatisch unter die Dusche. Das warme Wasser vermischte sich mit ihren Tränen und sie begann mit ihrer Mutter zu sprechen. „Ich weiß doch, dass du bei mir bist. Bitte sei heute bei mir. Ich brauche deinen Beistand. Ich habe solche Angst vor diesem Tag." Sie spürte ein leichtes Kribbeln am Hinterkopf und kratzte sich.

Ein Spruch von Václav Havel tauchte vor ihrem inneren Auge auf:

`Hoffnung ist nicht die Überzeugung, dass etwas gut ausgeht, sondern die Gewissheit, dass etwas Sinn hat, egal wie es ausgeht´.*

Vor einigen Jahren hatte sie ihrer Mutter eine Karte mit diesem Spruch geschenkt, um ihr ein wenig Mut zu machen. Ursula litt in dieser Zeit an schweren Depressionen, weil sie wegen ihrer Krankheit wieder einmal operiert worden war, und kurz danach von ihrem damaligen Partner, den sie ein Jahr zuvor kennen und lieben gelernt hatte, verlassen worden war. Jetzt fragte Sabine sich, wo denn der Sinn im Tod ihrer Mutter lag.

Normalerweise erfrischte sie die morgendliche Dusche immer. Aber selbst das gelang heute nicht. Sie stellte das Wasser aus, trocknete sich ab und zog sich an. Einen schwarzen langen

Rock, eine schwarze Strumpfhose und ein schwarzes Shirt. Fertig. Auf Wimperntusche, ohnehin die einzige Kosmetik, die sie normalerweise auflegte, verzichtete sie seit dem Tod ihrer Mutter. Es verwischte ja eh alles.

Draußen schien die Sonne. Wie absurd! Das Thermometer zeigte schon 23 Grad an. Das würde ein heißer Tag werden. Normalerweise liebte sie heiße Tage. Aber heute hätte es regnen müssen. Mit langsamen Schritten ging Sabine die Treppe hinunter ins Wohnzimmer.

Paul hatte schon ein Frühstück vorbereitet und sie hörte, wie er in der Küche den Kaffee in die Kanne goss. „Konntest du schlafen?", begrüßte er sie mit einem zärtlichen Kuss und schaute sie mitfühlend an.

„Es geht. Und du?"

„Nein, nicht besonders. Komm setz dich und versuch ein wenig zu frühstücken, damit du den Tag durchstehst."

Sabine setzte sich müde an den Tisch und sah Paul liebevoll an. Sie war dankbar, dass sie in ihm eine so große Stütze hatte.

Während der einstündigen Autofahrt zur Kirche sprachen sie kein Wort. Jeder hing den eigenen Gedanken nach. Paul hatte letztes Jahr seinen Vater beerdigen müssen. Der Tod seiner Schwiegermutter ging ihm ebenso nahe, da er sehr an ihr gehangen hatte. Es war alles nicht zu fassen. Vor zwei Wochen dachten sie noch, Ursula würde nach Hause kommen.

Stattdessen wurde sie jetzt beerdigt.

Als sie ankamen, stellte Paul das Auto auf dem Parkplatz vor der Kirche ab. Sabines Familie aus dem Schwarzwald wartete schon auf sie. Ihre Tante stand da mit einer riesigen Sonnenbrille auf der Nase. Ihre Cousine Karin nahm sie zur Begrüßung in den Arm. Die Messe begann erst in einer halben Stunde und Karin schlug vor, noch eine Runde um den kleinen See zu gehen im Park neben der Kirche. Ihre Tante und ihr Cousin Jochen nahmen währenddessen schon ihre Plätze in der Kirche ein.

„Ich hab es nicht glauben können, als Jochen mir das mit Tante Uschi sagte. Ich kann mir das überhaupt nicht vorstellen. Sie war doch Weihnachten noch so guter Dinge." Ursula hatte Weihnachten bei ihrer Schwester im Schwarzwald verbracht.

„Ich weiß, es ist einfach nicht zu fassen. Es ist einfach nicht zu fassen", stammelte Sabine mit tränenerstickter Stimme.

Alle drei gingen eine Weile schweigend nebeneinander her. Paul hatte seinen Arm um Sabine gelegt.

„Du warst ihr Patenkind", sagte Sabine tonlos.

Karin nahm Sabines Hand, drückte sie ganz fest und schaute sie liebevoll an.

„Wir sind immer für dich da. Ich weiß, unsere Familie ist nicht groß. Aber wir haben uns. Und du kannst dich immer auf uns verlassen." Sabine wusste, dass es keine hohlen Worte waren. Die Verbindung zwischen ihnen allen war immer sehr eng gewesen. Zu ihrer Cousine hatte sie ein beinahe geschwisterliches Verhältnis und Karin hatte Ursula oft als eine zweite Mutter bezeichnet.

Zahlreiche Trauergäste saßen bereits in der Kirche, als sie vom Spaziergang zurückkamen und eintraten. Sabine wollte niemandem in die Augen sehen müssen und Paul führte sie geradewegs in eine Bank in der ersten Reihe. Sie schaute weder nach rechts noch nach links. Es war schon merkwürdig. Einerseits wäre sie jetzt am liebsten nur in ihrem engsten Familienkreis gewesen, andererseits fand sie es tröstlich, dass so viele Menschen, die ihre Mutter gekannt, geschätzt oder sogar geliebt hatten, gemeinsam mit ihr Abschied nahmen. Als die Messe begann, lauschte sie gebannt den Worten von Pastor Cremer. Von ihm hatte ihre Mutter immer geschwärmt und als gläubige Christin jeden Sonntag seinen Gottesdienst besucht. Sabine stand der Kirche eher skeptisch gegenüber und war schon in jungen Jahren ausgetreten. Trotzdem trösteten sie einige Sätze, die der Geistliche aus dem ersten Korinther Brief des Paulus-Evangeliums zitierte: *„Seht, ich enthülle ein Geheimnis: Wir werden nicht alle entschlafen, aber wir werden alle verwandelt werden... So ist es auch mit der Auferstehung der Toten. Was gesät wird, ist verweslich, was auferweckt wird, unverweslich... Verschlungen ist der Tod vom Sieg... Tod, wo ist dein Stachel?"*

Nach der Messe fuhr die gesamte Trauergemeinde zur Leichenhalle des Friedhofs, wenige Kilometer von der Kirche entfernt. Der Sarg ihrer Mutter stand auf einer Empore. Um ihn herum leuchteten viele kleine Teelichter. Anstelle von Kränzen hatten sie um eine Spende an ein Hospiz gebeten. Somit gab es nur wenige Gestecke, die dafür umso schöner zur Geltung kamen und liebevoll um den Sarg herum drapiert waren. Am Fuß des Sarges stand der Kranz von Sabine, Paul und ihrem Vater. Er bestand nur aus Sonnenblumen und sah wunderschön aus. Ursula wäre begeistert gewesen. Leise spielte im Hintergrund das Ave Maria. Als Sabine den Sarg ihrer Mutter inmitten der vielen Lichter sah, brach sie fast zusammen. Mit Paul ging sie auf direktem Weg an den wartenden Trauergästen vorbei nach vorne und sie setzten sich gemeinsam zu ihrem Vater, der bereits dort war. Sabine vergrub ihr Gesicht an Pauls Schulter. Nach einigen Minuten kam Pastor Cremer in die Halle, sprach ein paar Worte und leite dann den Trauerzug zum Grab ein. Die Melodie von Frank Sinatras Song: `I did it my way´ begleitete Ursula und die Trauergemeinde ins Freie. Ursula hatte es sich in ihrem Testament so gewünscht. Zuerst ein Ave Maria, dann `I did it my way´ von Frank Sinatra. Das Stück war an dieser Stelle so ergreifend, dass aus allen Ecken der Leichenhalle Schluchzen zu vernehmen war. Die Träger hatten den Sarg auf ihre Schultern gestemmt und gingen gemessenen Schrittes quer über den Friedhof bis zum Grab. Ursulas letzter Gang auf Erden wurde von Sonnenschein und 30° Celsius im Schatten begleitet. Zu Lebzeiten wäre es ihr deutlich zu heiß gewesen.

Sabine nahm die Hitze nicht wahr. Sie klammerte sich an einer Sonnenblume und an ihrer Abschiedsrolle fest, während sie hinter dem Sarg gemeinsam mit Paul und ihrem Vater voranschritt.

Als sie an Ort und Stelle ankamen, stellten die Träger den Sarg neben der ausgehobenen Grube ab. Nachdem der Pastor die Zeremonie am Grab beendet hatte, ließen die Träger den Sarg langsam ins Erdreich hinab. Danach konnte jeder der Trauergäste wenige Sekunden vor dem ausgehobenen Grab verweilen, um von Ursula Abschied zu nehmen und ihr eine Sonnenblume als letzten Gruß ins Grab zu werfen. Sabine machte den Anfang. Sie spürte, wie ihre Beine schwach wurden und sie sank vor dem Grab auf die Knie. Sie weinte hemmungslos und wäre am liebsten mit in die Grube hinab gestiegen. Dann warf sie die Sonnenblume zusammen mit der Rolle als letzten Gruß auf den Sarg. „Ich wünsche dir eine gute Reise. Wir sehen uns bestimmt bald wieder." Sie stand auf, um den Nachfolgenden Platz zu machen. Da sie sich dazu entschlossen hatten, auf Beileidsbekundungen am Grab zu verzichten, gingen Sabine, Paul und ihr Vater geradewegs zurück zum Auto und fuhren in das Lokal, das sie für den anschließend stattfindenden Beerdigungskaffee gebucht hatten. Als sie dort ankamen, suchte Sabine als erstes die Toilette auf, um einen Augenblick allein sein zu können. Sie war völlig erschöpft, aber irgendwie musste sie das gemeinsame Frühstück noch durchhalten. Der schlimmste Teil war geschafft. Nachdem sie sich etwas gefangen hatte, betrat sie den Saal, der für die Trauergesellschaft vorgesehen war. Auf dem Weg dorthin drückten ihr nun doch einige Freunde ihrer Mutter persönlich ihr Beileid aus. Viele konnten die Tränen nicht zurückhalten. Und so weinte man gemeinsam. Ein alter Freund ihrer Eltern, der in den letzten Jahren nur noch mit ihrem Vater Kontakt gehabt hatte, sagte mit tränenerstickter Stimme: „Ich habe deine Mutter immer so geschätzt, auch wenn wir uns in der letzten Zeit kaum gesehen haben. Sie war eine ganz besondere Frau. Wir haben immer sehr viel von ihr geredet. Ich kann gar nicht fassen, dass sie jetzt tot ist."

Einige Gäste hatten sich schon an den reich gedeckten Tisch gesetzt und schauten ein wenig hilflos umher. Sabine, ihr Vater und Paul setzten sich auf den für sie vorgesehenen Platz. Sabine war nervös, weil sie noch einige Worte sprechen wollte. Als alle ihren Platz eingenommen hatten, stand sie auf und klopfte an ihr Glas. Die Trauergesellschaft verstummte augenblicklich und schaute sie erwartungsvoll an.

„Vielen Dank, dass ihr alle so zahlreich gekommen seid. Das wird Mutti sehr freuen. Ich bin sicher, dass sie heute unter uns weilt, wenn auch in anderer Form. So hat sie die Gelegenheit sich von jedem Einzelnen von uns auf ihre Art und Weise zu verabschieden." Jeder der Anwesenden sah, wie sehr sie um Fassung ringen musste. Sie fuhr stockend fort: „Für ihre letzte

Reise wollen wir ihr nun gemeinsam alles Gute wünschen, auch wenn wir nicht genau wissen, wohin sie geht. Ich bin sicher, sie wird sich dort besser fühlen als hier in den letzten Monaten auf der Erde." Sie setzte sich wieder hin und spürte, wie ergriffen die Gäste nach ihren Worten waren. Paul streichelte ihre Hand und flüsterte ihr ins Ohr: „Das war wunderbar." Sabine war erleichtert und betäubt. Das Ende ihrer Rede war zugleich das Zeichen, mit dem Essen zu beginnen. Sabine hatte keinen Hunger. Sie starrte vor sich hin: auf den Käse, den Schinken und auf das Brot. Wie sollte sie jetzt essen? Nach einer Weile nahm sie wie in Trance ein Stück Weißbrot und legte es auf ihren Teller. Weißbrot bekam man besser hinunter. Zögerlich entschied sie sich dann für den Käse. Eine Scheibe davon legte sie langsam auf das Brot und schaute sich um. Dabei nahm sie zum ersten Mal bewusst wahr, wer eigentlich alles gekommen war. Einige, denen sie eine Einladung zum gemeinsamen Kaffee hatte zukommen lassen, konnte sie nicht ausfindig machen. Schade, das würde ihre Mutter sicher enttäuschen. Im Laufe des Frühstücks kamen immer wieder Freunde von Ursula, um ihren Kummer mit Sabine zu teilen. Einige hatten sie schon als Säugling gekannt. Sie sprachen aufrichtig von ihrer Fassungslosigkeit und ihrer Trauer. Gemeinsame Erlebnisse, die sie mit ihrer Mutter hatten, wurden noch einmal wehmütig erzählt. Einige versuchten Sabine zu trösten. „Zeit heilt alle Wunden", meinte ein alter Freund ihrer Mutter, den sie schon seit Kindesbeinen kannte. Er schaute sie verständnisvoll mit einem ganz warmen Lächeln an. Er hatte seine eigene Mutter im

Alter von zwölf Jahren verloren und wusste wovon er sprach. Es tröstete Sabine ein wenig, dass der Tod der Mutter eine Erfahrung war, die die meisten Menschen, sofern sie nicht vor ihren Eltern starben, machen mussten. Aber dieser Trost währte nicht lange. Als eine nahe stehende Freundin ihrer Mutter sagte: „Du kannst doch fast keine Tränen mehr haben", brach ihre mühsam aufrecht gehaltene Fassung zusammen und sie weinte erneut.

"I did it my way"

Ich sehe meinen Sarg auf einer kleinen Empore stehen. Er ist aus hellem Holz und vorne mit einer Ähre verziert. Ein Blumenschmuck aus Sonnenblumen bedeckt ihn und seitlich rankt dunkelgrüner Efeu hinunter. Teelichter leuchten auf dem Boden und auf den drei Stufen, die zur Empore hinaufführen. Ich bin hingerissen. Das ganze Arrangement sieht zauberhaft aus. Das hat bestimmt Sabine veranlasst. Sie weiß, was mir gefällt.

Durch den Sarg sehe ich meinen alten Körper. Merkwürdig, wie er so zusammengeschrumpft dort liegt. Wie ein altes abgetragenes Kleidungsstück, das mich nichts mehr angeht. Es ist doch erstaunlich, dass wir um einen Körper, der nicht mehr in Gebrauch ist, soviel Aufheben machen.

Ich setze mich zwischen die Trauergäste. Mal hier hin, mal dort hin. Keiner kann mich sehen. Ich nehme alles etwas anders wahr als zu Lebzeiten. Menschen und Dinge erscheinen jetzt nicht mehr so klar umrissen. Dafür kann ich ihre Energiestrukturen erkennen. Jeder strahlt in ein oder mehreren Farben, die durch Gedanken und Emotionen beeinflusst werden. Momentan sind die meisten Anwesenden in einen grauen Schleier gehüllt. Aber unter dem Schleier sind sie bunt. Ich freue mich darüber, dass so viele Gäste gekommen sind. Von jedem Einzelnen verabschiede ich mich. Dabei ziehen nochmals alle gemeinsamen Momente an mir vorüber. Nebenbei empfange ich Gedanken wie: „Es ist einfach nicht zu fassen, dass sie nicht mehr sein soll." „Ich werde sie so vermissen. Mit wem soll ich jetzt meine Sonntage verbringen?" „Schade, dass wir uns in den letzten Jahren nicht mehr so gut verstanden haben. Ich wünschte, ich könnte ihr noch so vieles sagen." „Da soll sie jetzt drin liegen? Nie, nie, nie. Das kann nicht sein." „Sie wird uns so fehlen." „Sie war zwar nicht immer einfach, aber ein toller Mensch. Ich wünschte, sie wäre noch hier." „Ich werde ihr Lachen vermissen." All diese Gedanken höre ich nun. Die meisten rühren mich. Es gibt aber auch einige wenige, deren innere Gleichgültigkeit mich erschreckt. Das hätte ich nie gedacht. So kann man sich täuschen.

Meine Sabine sitzt in der ersten Bank und weint sich die Augen aus dem Kopf. Ich versuche, sie irgendwie durch meine Gegenwart zu trösten. Es erklingt `I did it my way´, so wie ich es mir gewünscht habe. Dabei wird langsam der Sarg hinausgetragen, dem sich die gesamte Trauergemeinde anschließt. Der Grabplatz, den Sabine für mich ausgesucht hat, liegt sehr schön unter einem Baum, im lichten Schatten. Mein Lieblingsstrauch, eine orange Azalee wächst am Kopfende. Einerseits freut mich das alles sehr, andererseits spüre ich, wie mir die irdischen Dinge jetzt immer gleichgültiger werden. Es ist alles nicht mehr so wichtig. Aber ich weiß: Zu Lebzeiten hätte es mich begeistert, so zur letzten Ruhe gebettet zu werden. Als sie den Sarg in die Erde hinablassen, bin ich erleichtert.

Danke Sabine, für diese wunderschöne Beerdigung.

Was ist wirklich?

„Ich war gerade auf meiner eigenen Beerdigung", erzähle ich Celine noch ganz benommen von der Authentizität des Erlebten. „War das so etwas wie ein jenseitiger Traum?", frage ich sie unsicher, obwohl ich inzwischen weiß, dass es hier keine wirklichen Träume wie auf Erden gibt. Aber was genau ist es dann?

„Durch die Gedanken und Gefühle deiner Lieben wurdest du angezogen, so dass du Gast auf deiner eigenen Beerdigung warst."

„Aber wie funktioniert das?", will ich wissen.

„Du hast hier die Möglichkeit, dich in jede Richtung räumlich wie zeitlich frei zu bewegen", erklärt sie mir. „Du kannst sogar an mehreren Orten gleichzeitig sein. Wo immer du dich hinfühlen möchtest."

Kaum hat sie das gesagt, befinde ich mich bei Wolfgang, Hanne und Sabine - gleichzeitig. Es ist völlig verrückt. Es ist nicht so, als würden drei Fernseher nebeneinander stehen und ich sehe drei Filme gleichzeitig. Nein. Ich erlebe ihr Erleben. Zeitgleich. Ich spüre Wolfgangs Angst. Wovor hat er Angst? Ich sehe ein Krankenhaus. Obwohl er gesund ist, hat er Angst ins Krankenhaus zu müssen. Er hat Schwierigkeiten meinen Tod zu verarbeiten. Zeitgleich bin ich bei Sabine und Paul. Sie gehen bedrückt durch die Stadt. Ich sehe Hanne im Sessel ihres

Wohnzimmers sitzen und höre sie leise weinen. Ich empfinde unendliche Hoffnungslosigkeit. Überall ist Schmerz und Trauer. Schmerz und Trauer um meine Person! Ich sehe und fühle alles gleichzeitig. Es fällt mir schwer das auszuhalten. Ich bin verzweifelt. Was kann ich nur tun?

Etwas geschieht mit mir. Da ist ein Schlauch. Er ist auf einmal um mich herum und saugt mich auf. Es wird enger und enger. Die Wände halten mich in einer festen Umklammerung. Bewegungen, egal zu welcher Seite, sind nicht möglich. Ich gerate in Panik. Währenddessen sehe und spüre ich Gefühlsfragmente meiner Lieben. Sie verfolgen mich in Form von Fratzen. Sie sind um mich herum und tanzen durch mich hindurch. Ich fühle mich schuldig. Schuldig, dass sie so leiden - wegen mir. Dann wandelt sich die Szenerie und ich befinde mich an einem Strand. Hässlich ist er. Alles ist düster. Die Wolken türmen sich über meinem Kopf zusammen. Das Wasser tobt wütend vor sich hin. Es ist eine schlammige Masse, die bedrohlich nahe kommt. Vergilbte Schaumkronen kriechen näher mit jeder Welle, die wie Ohrfeigen am Strand zerklatschen. Dann verwandelt sich das Wasser in eine trostlose verbrannte Landschaft. Ich versuche mich vorwärts zu bewegen. Dornige Zweige versperren mir den Weg. Ich kämpfe und kämpfe. Aber es hat keinen Sinn. Ich komme nicht weiter. Erschöpft lasse ich mich fallen. Das ist der perfekte Albtraum. Ich bleibe liegen, ohne Hoffnung. Unter mir öffnet sich plötzlich der Boden und ich falle in ein Loch. Ich falle und falle in endloses Nichts. Das ist das Grauen. Ich schwebe durch ein schemenhaftes Grau, das nichts, einfach nichts enthält. Stille. Keine beruhigende Stille, sondern bedrohliche Stille. Sie ist leer. Der Raum ist leer. Die Zeit ist leer. Alles ist leer. Die Ewigkeit greift nach mir. Das ist schlimmer als alles. Ich falle und falle….

Nachdem ich in scheinbarer Ewigkeit durch das Nichts falle, dringt eine Stimme in mein Bewusstsein. Die Stimme von Celine: „Wende dich um und sieh ins Licht. Sieh ins Licht!" Ein Licht? Ja, da ist ein Licht und endlich wieder Farbe. „Geh hinein!" Das Licht kommt näher und hüllt mich ein. Es schenkt mir Kraft und Vertrauen. Ich werde ganz ruhig und sinke in einen tiefen, erholsamen Schlaf.

Ich erwache auf einer großen Wiese. Um mich herum sind viele duftende Blumen. Alles erstrahlt in Frieden und Harmonie. In der Ferne vernehme ich eine Melodie. Ich kann sie gleichzeitig hören und sehen. Die Töne tanzen zu mir herüber. Sie nehmen Gestalt und Farbe an und bilden ein in sich stimmiges Muster. Hohe Töne formen sich zu lang gezogenen Stelen in weiß, gelb und orange. Je höher ein Ton ist, desto heller wird seine Farbe. Die tiefen Töne reichen bis ins dunkelste Violett. Ihre Form ist breit und bauchig. Klang und Form haben eine inspirierende und erquickende Wirkung auf mich. Ich lasse mich in das Muster fallen und von seinem Klang davon tragen. Ich fühle mich aufgehoben.

Was war das?

„Das war deine Seelenmelodie", antwortet mir Celine auf meine stumm gestellte Frage.

„Meine Seelenmelodie? Was ist das?" Ich werde langsam wieder wacher und neugierig.

„Jede Seele hat ihre ureigenste Seelenmelodie und ihr ureigenstes Seelenmuster. Wird eine Seele geboren – oder wie immer man es auch nennen mag – bekommt sie ein Seelenmuster und eine Seelenmelodie mit auf den Weg. Das ist ihr Erkennungsmerkmal. Wenn du dich beispielsweise von einem Menschen spontan angezogen fühlst, hat das damit zu tun, dass eure Seelenmelodien und -muster ähnlich schwingen. Sie gehen einen kosmischen Tanz ein, der von äußerster Harmonie geprägt ist. In deinem Leben begegnest du jedoch auch einer Menge von Melodien und Mustern, die sich überhaupt nicht mit den deinigen im Einklang befinden. Leider lässt man sich trotzdem oft davon beeinflussen. So erfahren deine Melodie und dein Muster Störungen. Wenn du dann wieder ins Jenseits wechselst, erinnert sich deine Seele an ihre Melodie und ihr Muster, so wie du es gerade erlebt hast. Es ist wie eine reinigende Dusche, die dich vom Schmutz der Fremdenergien befreit. Danach bist du wieder im `Einklang mit dir selbst´. Deine Ursprungsenergie wird so wieder hergestellt."

Im Einklang mit mir selbst. Celines Worte hallen in mir nach. Wie oft hatte ich zu Lebzeiten davon gesprochen. Nie aber habe ich mich so gefühlt wie jetzt. Zum ersten Mal begreife ich, was es bedeutet: im Ein*klang* mit sich zu sein.

Aber warum hatte ich diesen Albtraum? Kaum hat sich der Gedanke formiert, korrigiert mich Celine erneut: „Nein, kein Albtraum", sagt sie und insistiert mit Nachdruck: „Keine Träume und keine Albträume. Nur deine eigenen Vorstellungen, deine Empfindungen, die sich hier sofort manifestieren. Du erinnerst dich: das, was du denkst und wovon du überzeugt bist, hat hier sofort Einfluss auf deine Wahrnehmung. Dabei unterscheiden wir nicht nach Bewusstem oder Unbewusstem. DU empfindest. DU denkst. DU fühlst. Und das wirkt sich direkt aus. Und nicht immer angenehm, wie du eben feststellen musstest."

Ich beginne die Tragweite dieser Möglichkeiten zu ahnen und bekomme Angst. Celine spürt das sofort und beruhigt mich.

„Du bist in der Lage, dieses Erleben zu steuern", sagt sie.

Aha. `steuern´, denke ich etwas spöttisch. Die hat leicht reden.

„Dazu brauchst du Übung", sagt Celine ernst und ignoriert den schnippischen Klang meiner Gedanken. „Und diese Übung hast du noch nicht. Deswegen warst du deinem Eindruck völlig ausgeliefert. Eine Erfahrung, die du aus deinem Erdenleben mitgebracht hast und von der du dich lösen musst. Das ist deine erste und wichtigste Übung hier. Zu lernen, dass du die Dinge selber in der Hand hast. Du bist nichts und niemandem willenlos ausgeliefert. Das musst du für dich erkennen und verinnerlichen. Danach kannst du deine Wahrnehmungen, dein `Sein´ selbstbestimmt gestalten. Die Einzige, die dir dabei im Weg stehen könnte, bist du selbst."

„Ich kann mir nicht vorstellen, dass es so einfach sein kann."

„`Es ist alles nicht so einfach´", erinnert mich Celine an einen Satz, den ich so oft im Leben gesagt habe. „Du weißt wovon ich rede, nicht wahr?"

„Nein, weiß ich nicht", antworte ich bockig. Natürlich weiß ich es, will es aber nicht zugeben. Aber Celine kennt kein Erbarmen.

„Oh doch, Ursula. Ich weiß genau, dass du weißt, wovon ich rede. Du kannst dich hier nicht hinter irgendeinem unabwendbaren Schicksal verstecken, wie du es in deinem Erdenleben oft getan hast. Diese Passivität hat dich schon zu Lebzeiten in vielen Bereichen behindert und eingeschränkt. Leider wird man durch den Übergang ins Jenseits nicht automatisch weise. Der Bewusstseinsschub hilft dem Verstorbenen zwar, sein Leben aus einer übergeordneten Perspektive zu betrachten, aber seine innere Einstellung ist oft noch die irdische und die wird ihm zunächst in allen Facetten widergespiegelt. Deine inneren Überzeugungen manifestieren sich hier, sie werden zu Bildern, deren Wahrnehmung dich vereinnahmen. Die albtraumhaften Bilder, die du durchlitten hast, waren deine eigenen Projektionen von Schuld. Bebildert wurde deine innere Überzeugung schuldig zu sein. Eine Überzeugung, die dich dein gesamtes Leben begleitet und leider oft *ge*leitet hat. Diese negative Sicht auf dich selbst bricht sich so lange Bahn, bis du sie durchschaut hast. Erst dann kannst du dich von ihr befreien. Danach wird vieles leichter werden."

Ich bin erschrocken über das, was sie sagt, denn ich weiß natürlich, dass sie recht hat. „Angefangen hat der Albtraum ja, als ich die Trauer bei meiner Tochter und meiner Schwester wahrnahm", lenke ich nach einigem Zögern ein.

„Ja. Und weil du noch so wenig Übung mit den Gesetzen hier hast, bist du in Panik geraten. Alle Emotionen deiner Lieben hast du schutzlos in dich aufgenommen und verinnerlicht, als wären sie deine eigenen. Die Trauer, die du bei ihnen und durch sie wahrgenommen hast, hat deine alten Schuldgefühle wieder hochgeholt. Dieses Gefühl hatte sofort oberste Priorität in deinem Bewusstsein, und so nahm alles seinen Lauf. Du hast zwar keinen Körper mehr im irdischen Sinn, kannst aber noch jederzeit körperliche Empfindungen abrufen. Dadurch entstand das bedrohliche Gefühl von Enge, das sich in dem Bild des Schlauches manifestiert hat. Du erinnerst dich an solche Träume in deinem letzten Erdenleben, nicht wahr?" Ich fühle mich von Celine tröstend in den Arm genommen. Sie spürt, wie sehr mich das alles mitnimmt, aber es stimmt. Ich hatte immer wieder Träume, in denen ich eingeklemmt, an die Wand gedrückt, eingeschlossen wurde, ohne einen Ausweg zu finden. Ich war oft genug nach Luft ringend aufgewacht. Allerdings wäre ich zu

Lebzeiten niemals auf die Idee gekommen, dass ich mich auch nach dem Tod noch damit würde herumschlagen müssen. Falsch gedacht. Na großartig. Ich spüre, wie mein Galgenhumor zurückkehrt und hoffe gleichzeitig, dass mir der nicht auch noch irgendein fieses Schnippchen schlägt, aber alles um mich herum bleibt ruhig und die Szenerie ändert sich nicht. Celines Nähe gibt mir die Kraft nachzuhaken.

„Das heißt, das, was ich meinte zu träumen, war kein Traum, sondern eine Realität, die ich selbst durch meine dunklen Gedanken erschaffen habe", versuche ich das Ganze zusammenzufassen.

„Einerseits war es für dich Wirklichkeit, andererseits war es eine Illusion."

Ich bin ratlos. Da blickt ja kein Mensch mehr durch.

„Ich weiß, es klingt verwirrend. Aber alles hier ist gleichzeitig wirklich und gleichzeitig auch nicht. Am besten ist, du versteifst dich nicht auf eine feste Definition von Realität. Nimm die Dinge eben so, wie sie sind. Alles, was du erlebst, fühlst, siehst, spürst, ist real, eben einfach nur, weil es für dich so IST. Und alles, was ist und um dich herum entsteht, entsteht aus dir heraus, und du kannst lernen, es zu beeinflussen und zu steuern. Niemand sortiert für dich die unangenehmen Erfahrungen aus, weil nur du selbst entscheiden kannst, was für dich angenehm und was unangenehm ist. Es gibt in dem Sinne keine allgemeingültigen Vorstellungen von negativen oder positiven

Erfahrungen. Das legt jede einzelne Seele für sich selbst fest. Wenn du dir deiner Gedanken bewusster wirst, findest du auch heraus, wie du sie steuern kannst. Du kannst angenehme Erfahrungen intensivieren und unangenehme Gefühle rechtzeitig umlenken und so dein Erleben hier immer behaglicher gestalten. Ich kann dir helfen, diese Möglichkeiten zu entdecken, aber erlernen und anwenden musst du sie selbst. Es manifestiert sich einfach all das, was du denkst und fühlst", bringt sie die Sache auf den Punkt. „Du siehst also, wie wichtig es ist, was man denkt."

Richard fällt mir ein und die anderen Seelen im Geistergürtel und ich frage etwas plakativ: „Heißt das dann, dass angstbesetzte Menschen im Himmel die Hölle erleben? Weil sie sich ständig mit ihren schlimmsten bildgewordenen Ängsten konfrontiert sehen?"

Celine erwidert lächelnd: „So könnte man es ausdrücken. Allerdings: Was für den einen die Hölle ist, kann für den anderen ganz harmlos sein."

„Und wo der eine sich wie im Himmel fühlt, langweilt der nächste sich zu Tode", ergänze ich spontan.

„Na ja", lacht Celine verschmitzt, „zu Tode bestimmt nicht..."

Ich will etwas allein sein und unternehme einen kleinen Spaziergang. Ich gehe quer über die Blumenwiese zu einem Teich. Eine Bank lädt mich zum Sitzen ein. Es ist seltsam, aber mein Körpergefühl ist dem im Leben noch sehr ähnlich. Natürlich habe ich keine Schmerzen mehr und insgesamt fühlt sich alles leichter und unbeschwerter an. Aber ich bin noch in ähnlichen Kategorien unterwegs wie zu Erdzeiten. Gehen, sitzen, stehen... wie gewohnt.

Das Erlebte und das Gespräch mit Celine haben mich sehr nachdenklich gestimmt. Mein Leben lang bin ich davon ausgegangen gegen Dinge, die mir widerfuhren, nichts tun zu können. `Man kann sich das alles nicht aussuchen´. Das war die feste Überzeugung, nach der ich gelebt habe. Was ich nun höre, stellt alles auf den Kopf. Ich habe immer versucht, mein Schicksal zu ertragen und es irgendwie zu bewältigen. Celine sagt, dass das individuelle Erleben von den Gedanken und Überzeugungen eines Jeden selbst abhängt. Brauchte man das Denken nur in Richtung des eigenen Wohlbefindens zu lenken? Mir scheint das etwas einfach.

Plötzlich höre ich in einiger Entfernung ein merkwürdiges Scharren. Unwohlsein beschleicht mich, und der Ort gefällt mir nicht mehr. Die Umgebung ist karg und unfreundlich geworden. Warum ist mir das vorhin nicht aufgefallen? Ich stehe von meiner Bank auf und gehe in die Richtung, aus der ich gekommen bin. Aber wo bin ich hergekommen? Kein Laut ist zu hören, nur dieses Scharren, das langsam näher kommt. Ich beginne zu rennen. Doch je schneller ich mich bewege, umso näher kommt das Scharren. Ich bleibe stehen und drehe mich blitzschnell um. Doch da ist nichts. Das Scharren ist plötzlich weg. Ich gehe weiter und es ertönt erneut, ergänzt durch ein Keuchen. Ich bewege mich schneller, und das Keuchen ist nun ganz nah an meinem Ohr. Als würde direkt neben mir jemand rennen. Aber da ist niemand. Das ist zuviel. Ich gerate völlig in Panik. Ich renne schreiend davon. Renne und renne. Doch je weiter und schneller ich renne, desto lauter und näher kommen das Scharren und das Schnaufen. Ich stolpere über eine Wurzel, die den Weg quert, und falle der Länge nach hin. Ich schlage wie von Sinnen um mich. Die Quelle der Geräusche ist nicht auszumachen, dann resigniere ich. Ich liege auf dem Boden und alles ist mir gleichgültig. Es hat keinen Zweck. Ich kann dem Scharren und Schnaufen nicht entkommen. „Du kannst dein Erleben durch deine Gedanken steuern. Probier es aus!", höre ich Celines Stimme. Ich versuche mir die Melodie von `I did it my way´ ins Gedächtnis zu rufen, aber es gelingt mir nicht. Das Scharren wird lauter. Ich versuche aufzustehen, aber es geht nicht. Mein Knöchel tut weh. Anscheinend habe ich ihn mir beim Sturz verstaucht. Moment mal. Wieso den Knöchel verstaucht? Das geht doch gar nicht hier im Jenseits. Diese Erkenntnis lässt mich schlagartig hellwach werden. Ich stehe auf und stelle fest, dass nichts weh tut. Dem unsichtbaren Begleiter strecke ich voller Genugtuung die Zunge raus. „Dich gibt es überhaupt nicht." Wie ein kleines Kind stolziere ich erhobenen Hauptes davon… und: Es funktioniert! Das Scharren und Schnaufen ist weg. Auch die Umgebung sieht wieder freundlicher aus. Ich fühle mich unglaublich beschwingt. Ich habe wohl etwas begriffen.

Aufträge und Begleiter

Dann sitze ich erneut neben Celine. „Ich glaube, ich habe soeben etwas gelernt", sage ich stolz.

„Ja, du hast die Möglichkeit genutzt, selbstbestimmt zu handeln und durch deine Gedanken dein Erleben zu steuern", fasst sie meine Lektion zusammen.

Ich freue mich über ihr Lob. Gleichzeitig frage ich mich, wie mein Leben wohl verlaufen wäre, hätte ich zu Lebzeiten schon mehr Vertrauen in mich und meine Möglichkeiten gehabt.

Celine, die meinen Gedanken verfolgt, sagt: „Bald wirst du erfahren, wie sich alternative Denk- und Handlungsgewohnheiten auf dein Leben ausgewirkt hätten. Es gibt so viele Menschen auf der Erde, die ihre Möglichkeiten weder erkennen noch nutzen. Du glaubst gar nicht, wie viele verhinderte Talente herumlaufen. Alles Menschen, die weder an sich, noch an ihre Fähigkeiten glauben. An die Fähigkeiten, die ihrem ureigensten Seelenpotenzial entsprechen."

Ich blicke sie interessiert an. „Was meinst du mit Seelenpotenzial?", frage ich.

„Jede Seele hat ein Potenzial - eine bestimmte Kombination von Eigenschaften und Fähigkeiten, um den ihr gestellten Auftrag bestmöglich erfüllen zu können."

„Den ihr gestellten Auftrag?" Mir wird etwas unheimlich und

ich fühle mich irgendwie unter Druck gesetzt. „Hat denn jeder einen Auftrag zu erfüllen? Wer bestimmt denn die Aufträge? Und was ist, wenn man diesen Auftrag nicht erfüllt?" Sofort spüre ich mein schlechtes Gewissen und die Angst, versagt zu haben. Aber bevor sich diese Ängste manifestieren können, spricht Celine schon weiter und ich konzentriere mich auf ihre Erläuterungen.

„Das sind viele Fragen auf einmal. Also zunächst einmal zu deiner ersten Frage: Ja, jeder hat sich einen oder mehrere Aufträge zur Erfüllung vorgenommen. Manche nennen es Bestimmung. Diese Aufträge oder diese Bestimmung stellen wir uns selbst, als unseren Beitrag zur Entwicklung der Menschheit und um uns als Seele weiterzuentwickeln. Womit auch deine zweite Frage beantwortet wäre. Die Erfüllung dieses Auftrages gibt unserer Existenz ihren Sinn. Jede Existenzform hat ihren Sinn. Auch wenn es in manchen Fällen schwer fällt, ihn zu erkennen. Nun zu deiner letzten Frage: Was passiert, wenn wir den Auftrag nicht erfüllen? Eigentlich nichts Schlimmes, denn früher oder später erfüllen wir unseren Auftrag auf jeden Fall. Manchmal dauert es nur sehr lang. Vielleicht mehrere Leben lang. Aber wir schaffen es immer, folglich existieren auch keine Sanktionen. Bei unserem Eintritt in das Erdenleben vergisst unser Bewusstsein zunächst einmal seinen Auftrag. Er ist jedoch unterbewusst gespeichert."

„Was soll das für einen Sinn haben?", unterbreche ich Celine.

„Bei allem, was wir tun, haben wir immer und jeder Zeit die freie Wahl der Entscheidung. Das heißt, wir können uns auch für andere Wege, die unserem Auftrag entgegenlaufen, entscheiden. Somit haben wir jederzeit die Möglichkeit, spontan zu handeln."

„Wie kann man dann seinen Auftrag ins Bewusstsein holen, also sicher gehen, dass man ihm nachkommt?"

„Indem man auf seine Intuition achtet. Es wird oft mit auf die `innere Stimme´ oder sein `Bauchgefühl´ hören umschrieben."

Das kommt mir bekannt vor. „Ja, ja, das hab ich auch immer gesagt, aber ich glaube, ich habe nicht immer danach gehandelt."

„So ist es häufig. Die meisten Menschen `spüren da so etwas´, aber sie nehmen es nicht ernst. Sie lassen sich ablenken und verführen oder vertrauen nur auf Verstand und Logik. Zweifellos unverzichtbare Eigenschaften, um das Leben auf der Erde zu bewältigen, aber es kann auch sehr hilfreich sein, auf die Hinweise der inneren Stimme zu achten. Auch wenn sie dem Verstand manchmal nicht in den Kram passen."

„Wie äußert sich die innere Stimme?", frage ich, obwohl ich es mir eigentlich denken kann. „Ganz unterschiedlich. Manchmal hat man ein ungutes Gefühl, manchmal ein durch und durch stimmiges. Worte, Gedanken, Ideen sind plötzlich im Kopf und die sollte man dann ernst nehmen."

„Und wo kommen die Gedanken her?"

„Auf diese Weise machen wir uns des Öfteren bemerkbar."

„Und wer ist wir?" Ich will es jetzt genau wissen.

„Wir, eure Helfer oder auch Guides. Die Menschen sagen Schutzengel zu uns."

„Hat denn jeder einen Helfer oder Guide?", frage ich erstaunt.

„Jede inkarnierte Seele hat meist drei bis vier Guides. Bevor ihr euch entschließt geboren zu werden, geht ihr mit diesen Guides so etwas wie einen Vertrag ein. Ab dem Moment begleiten sie euch."

„So viele?" Wenn das die Menschen wüssten. „Und kennen wir all unsere Guides?"

„Ja, meist sind es euch sehr nahe stehende Seelen, mit denen ihr schon viele Inkarnationen durchlebt habt. Oder es sind Seelen, die sich in ihren vergangenen Leben mit den gleichen Themen wie ihr auseinandersetzen musstet und genau wissen, mit welchen Schwierigkeiten ihr zu kämpfen habt."

„Kann denn jede Seele ein Guide werden?"

„Im Prinzip schon. Aber so, wie es auf der Erde bestimmte Talente und Neigungen für bestimmte Berufe gibt, sind auch ein gewisses Talent und eine Neigung für die Rolle als Guide hilfreich. Die praktischen Fähigkeiten eignet sich die Seele dann in einer Ausbildung an. Danach kann sie ihr nahe stehende Seelen auf der Erde begleiten."

„Also beschützen?" So stelle ich es mir vor.

„Nein, nicht beschützen. Der Begriff `Schutzengel´ ist irreführend. Guides beschützen ihre Schutzbefohlenen nicht immer, da sie diese nicht von den Möglichkeiten zu lernen abhalten wollen und können. Manchmal müssen Menschen einfach auch negative Erfahrungen machen, um zu lernen. Guides versuchen euch stattdessen durch `Gedankenanstöße´ an eure Bestimmung bzw. an euren Auftrag zu erinnern. Wenn Menschen von Intuition sprechen, sind oft Guides im Spiel. Diejenigen, die im Leben häufiger meditieren, können uns meist sehr gut wahrnehmen."

„Ah", schlussfolgere ich, „weil wir euch während der Meditation als `innere Stimme´ wahrnehmen?"

„Ganz genau."

„Und du bist mein Guide?"

„Ja, ich bin dein `Stammguide´"

„Aha." Ich befürchte, dass mein Blick etwas Komisch-Verzweifeltes hat, aber Celine lässt sich nicht aus dem Konzept bringen und erklärt geduldig weiter.

„Während der Stammguide immer da ist und eine Seele auch

nach dem Tod begleitet, sind die anderen Guides für bestimmte Themen zuständig. Aus diesem Grunde nenne ich sie `Themenguides´. Sie sind Experten auf bestimmten Gebieten oder für bestimmte Lebensthemen. Sie treten in jener Phase in Erscheinung, in der die entsprechenden Themen gerade in eurem Leben anstehen. Der Stammguide zieht sich dann in den Hintergrund zurück, um den Themenguides Platz zu machen."

„Und wer sind meine Themenguides?" frage ich neugierig.

Eine unerwartete Begegnung

Die Szene ändert sich. Ich stehe an einem Strand, neben einem kleinen Fischerhafen. Schräg hinter mir befinden sich vom Wetter gegerbte Häuser. Der Himmel über mir ist blau. Ein Himmel, der soeben noch tiefschwarz voller dunkler Wolken war, aus dem sich Sturzbäche von Wasser über das Land ergossen hatten. Ich starre auf das Meer hinaus. In der Ferne sehe ich ein Segelboot näher kommen. Jetzt erkenne ich zwei Gestalten, die ebenso gebannt in meine Richtung schauen. Als das Boot endlich ankommt, spüre ich wie mein Herz anfängt zu klopfen. Lilian! Henry! Mit einem Schlag erinnere ich mich an alles. An unser ganzes gemeinsames kurzes Leben: Ich war Patrick. Lilian war meine ältere Schwester und Henry mein Vater in einem vergangenen Leben in Britannien. Wir lebten um 1852 bei Essex. Seit Generationen schon ernährte sich unsere Familie sehr einträglich vom Muschelfang. Nachdem unsere Mutter starb – ich war sieben, meine Schwester elf - war unser Vater oft betrunken. Zwei junge Männer aus dem Dorf begleiteten ihn seit Jahren auf seinen Fahrten zur See. In dieser Ecke war das Meer oft stürmisch und tückisch. Schon viele Männer waren dabei ums Leben gekommen. Da es während der drei Jahre nach dem Tod unserer Mutter bei Vater zu vielen ausufernden Alkoholexzessen gekommen war, weigerten sich die beiden weiter mit ihm aufs Meer hinaus zu fahren. Es war ihnen zu gefährlich geworden. Da sprang Lilian, meine Schwester, ein. Sie und Vater kämpften gegen den Widerstand des gesamten Dorfes an. Man konnte nicht verstehen, wie mein Vater es zulassen konnte, eine so junge Frau, die fast noch ein Kind war, mit zur See zu nehmen. Beide scherten sich jedoch einen Teufel um die Meinung der Dorfbewohner. Von da an begleitete meine vierzehnjährige Schwester unseren Vater beim Muschelfang. Mir war das peinlich, denn eigentlich wollte ich mit. Ich war doch schon ein Mann. Auch wenn ich erst zehn war, fühlte ich mich als Beschützer meiner älteren Schwester. Aber weder Vater noch Lilian zogen es auch nur in Erwägung, mich mitzunehmen. Oft machte ich mir Sorgen und fühlte mich ohnmächtig und hilflos. Was sollte ich tun, wenn ich auch noch Lilian und Vater verlieren würde? Ich hatte nicht viele Freunde im Dorf. So ging ich jeden Mittag an den Strand und wartete, bis sie nach Hause kamen.

Lilian hoffte meinen Vater durch ihre Anwesenheit vom Trinken abhalten zu können. Eine Zeit lang schien ihr dies zu gelingen, bis unser Vater eines Abends mit einem Mann aus dem Dorf in einen fürchterlichen Streit geriet. Es ging dabei um Lilian. Der Mann wollte sie heiraten. Aber mein Vater dachte nicht im Traum daran, auf die Hilfe seiner Tochter zu verzichten. Die beiden prügelten sich heftig und Henry soff die ganze Nacht und den Morgen durch. Meine Schwester und ich machten am nächsten Morgen das Boot für den täglichen Muschelfang fertig. Als unser Vater auf das Boot kam, konnten wir den Alkohol riechen. Aber wir trauten uns nicht ihn anzusprechen. Sein Blick war finster und verschlossen. Ich ging vom Boot herunter an den Strand und hatte kein gutes Gefühl. Sie legten ab und ich winkte ihnen noch einmal zu. Am Mittag wartete ich auf ihre Heimkehr. Aber sie kamen nicht.

Nicht am Mittag, nicht am Abend, nicht am nächsten Tag und auch nicht in den nächsten Wochen, Monaten oder Jahren. Immer wieder ging ich zum Strand hinunter. Nie gab ich die Hoffnung auf. Bis zu meinem Tod nicht. Mit der Zeit nannte man mich nicht mehr Patrick sondern nur `den verrückten Pat´. Noch viele Jahre wartete mein Geist auf die beiden, bis ich mich dann endlich dem Licht zuwandte.

Jetzt stürmen wir voller Freude auf einander zu und… hier umarmt man sich nicht, hier verschmilzt man miteinander. Alle gemeinsamen Momente sind mit einem Mal wieder präsent. Die schönen wie die traurigen… alles ist wieder da. Dabei erkennen wir uns nicht nur als diejenigen, die wir einmal waren, sondern auch als diejenigen, die wir jetzt sind. Das schließt unser gesamtes Sein mit ein. Es ist so intensiv und kaum zu beschreiben. Egal, man muss nicht alles in Worte fassen. Dieser Zustand dauert ewig und ist doch auch direkt wieder vorbei. Dann bin ich wieder bei Celine.

„Ich glaube, ich habe soeben einen Einblick in mein

vergangenes Leben erhalten." schwärme ich noch ganz erfüllt von meiner Begegnung.

„Ja ich weiß. Die Begegnung mit früheren Weggefährten kann wundervoll sein. Vor allem wenn es sich um die jetzigen Guides handelt." Celine lächelt mich wissend an.

„Sie sind meine Guides?"

„ Ja, Henry und Lilian sind deine beiden Themenguides: Henry für das Thema `Schuldgefühle´ und Lilian für das Thema `mangelnde Eigenliebe´."

Schuldgefühle, mangelnde Eigenliebe. Hängt das nicht alles irgendwie zusammen?

„Ja", sagt Celine. „Viele Themen, mit denen man sich im Leben so herumschlägt, sind durchaus miteinander verknüpft. Löst man eines, entwirren sich die anderen meist von allein."

Nun treibt mich eine Frage um: „Celine, wie ist es mit uns? Warum wolltest du mein Stammguide werden?"

„Wir haben schon viele Erdausflüge gemeinsam bestritten. Unser Vertrauen und unsere Zuneigung zueinander ist sehr stark."

„Und wir haben uns auch vor diesem Leben sozusagen verabredet?"

„Ja."

„Ist unsere Zuneigung stärker, als die zwischen mir und Lilian oder Henry?

„Sie ist anderer Art. Wir kennen uns schon viel länger." Damit scheint das Thema für sie beendet. Na gut, denke ich, vielleicht werde ich mich hier später an mehr erinnern können. Eine Sache interessiert mich aber noch: „Warum begleitet ihr Guides uns auch nach dem Tod?"

„Wie du merkst, fühlst du dich ja noch als Ursula, oder?"

„Na ja, als wer denn sonst?"

„Du bist viel mehr als nur Ursula. Als Ursula bist du gestorben und bist jetzt als Ursula im Jenseits erst mal ziemlich orientierungslos, nicht wahr?"

„Ja", antworte ich.

„Wir Stammguides helfen den frisch Verstorbenen hier im Jenseits die Orientierung wiederzufinden. Ist das geschehen, lösen wir unseren Vertrag. Was nicht heißt, dass wir nicht mehr füreinander da wären."

Ich schweife ab und stelle mir vor mit Sabine einen `Guidevertrag´ einzugehen, wenn sie hier angekommen ist. Ein durchaus interessanter Gedanke.

Aber jetzt brauche ich erst mal eine Pause. Die

`Aufklärungslektionen´ von Celine ermüden mich. Sie zeigt großes Verständnis dafür. „Mach doch ein wenig Urlaub. Das wird dir helfen, dich zu entspannen."

„Ich kann hier Urlaub machen?" Ich bin verblüfft. Celine lacht so sehr, dass ich ein bisschen ärgerlich werde. „Machst du dich über mich lustig?", frage ich kühl.

„Nein, ganz und gar nicht. Es ist nur so, als würdest du mitten in einem See voller Trinkwasser fragen, ob man irgendwo etwas zu trinken bekommen könne. Hier kannst du solange und sooft Urlaub machen, wie du willst. Du weißt ja: alles ist möglich."

Ich gehe auf einem schmalen sandigen Pfad, der an einer Klippe direkt über dem Meer entlang führt. Unter mir plätschern die Wellen sanft an eine felsige Küste. Pinkfarbene Oleanderbüsche säumen den Pfad. Sie duften süß in der frischen klaren Luft. In einiger Entfernung beginnt ein Olivenwald, an dessen Rand sich hier und da ein paar Zypressen in die Höhe recken. Sie setzen sich farblich sehr deutlich von dem silbern schimmernden Olivenlaub ab. Ich setze mich an den Rand der Klippe und beobachte das Glitzern des Meeres. Zu dem Duft des Oleanders mischt sich die würzige Note von Thymianbüschen, die schräg hinter mir aus dem Boden wachsen. Zikadengezirpe überall. Wirklich, wie im Urlaub. Alles ist so echt. All meine Sinne werden angeregt. Sehr interessant. Ich höre, sehe und rieche wie zu Lebzeiten. Ich weiß nicht, ob ich nun als Geist an diesem Ort auf der realen Erde schwebe oder ob ich diese Landschaft aus meiner Erinnerung heraus ins Jenseits geholt habe. Aber eigentlich ist es mir auch egal. Es ist einfach nur schön und ich genieße es. So döse ich ein wenig vor mich hin und gleite langsam in einen schlafähnlichen Zustand.

Sabines Trauer

Sie saß auf einer Felsenklippe. Pinkfarbene Oleanderbüsche leuchteten vor dem silbrigen Grün der Olivenbäume. Die Umgebung erinnerte sie an Kreta. Hier hatte sie vor einigen Jahren einen Urlaub mit Paul verbracht.

Ihre volle Blase weckte Sabine aus einem wunderschönen Traum. Noch glaubte sie den würzigen Duft der Thymianbüsche zu riechen, als sie schlaftrunken zur Toilette ging. Um nicht wirklich wach zu werden, hielt sie ihre Augen fest geschlossen. Nur nicht aufwachen, dachte sie, weiterträumen. Als sie sich wieder hinlegte, versuchte sie krampfhaft in den Traum zurückzugleiten. Kreta. Das Meer. Sie stellte sich das leise Plätschern der Wellen vor. Es gelang ihr nicht. Sie wälzte sich hin und her.

Mutti ist tot! Mit einem Schlag war Sabine hellwach. Drei Monate waren seit Ursulas Tod vergangen. Seitdem schoss dieser Gedanke immer wieder pfeilschnell und mit unerbittlicher Zuverlässigkeit durch Sabines Bewusstsein. Vor allem nachts.

Sie nahm sich eines der Bücher zur Hand, das sie am Abend auf ihrem Nachttisch abgelegt hatte. Es waren Bücher über das Jenseits. Berichte über die aktuelle Sterbeforschung, Berichte von Menschen mit Nahtoderfahrungen und Botschaften von Verstorbenen, die durch ein Medium übermittelt wurden. Die Botschaften las Sabine besonders gerne, da die Verstorbenen häufig ein Bild ihres Aufenthaltsortes übermittelten. So bekam sie eine Vorstellung davon, wo ihre Mutter jetzt war. Das linderte ihren Schmerz ein wenig. Versuchte sie ihn zu verdrängen – was ihr kaum gelang – war er danach umso schlimmer. So verbrachte Sabine mit diesen Geschichten ihre Nächte oft bis zum Morgengrauen.

Völlig übermüdet fuhr Sabine nach dem Frühstück in die Wohnung ihrer Mutter. Sie schaute dort immer noch mehrmals in der Woche nach dem Rechten. Sie musste sich überlegen, was sie damit machen wollte. Ursula hatte diese Wohnung von ihrem Lebensgefährten Richard geerbt. Da die Wohnung abbezahlt war, konnte sich Sabine mit ihrer Entscheidung Zeit lassen. Die Zeit, die sie brauchte, um sich lösen zu können. Es fiel ihr schwer sich dort aufzuhalten. Immer hatte sie das Gefühl, Ursula könne jeden Moment ins Zimmer kommen. Aber sie kam nicht. Nie mehr würde sie kommen.

Sabine beschränkte sich zunächst darauf, Raum für Raum zu durchforsten und die Dinge, die ihr besonders am Herzen lagen, mitzunehmen: eine Tasse, aus der ihre Mutter jeden Morgen ihren Tee getrunken hatte, ihre Brille, die sie immer zum Lesen aufgesetzt hatte, ein besonders schönes Rosenthal-Service, das Ursula und Wolfgang zu ihrem Hochzeitstag geschenkt bekommen hatten und von dem Sabine und Ursula regelmäßig gegessen hatten, wenn sie bei ihrer Mutter zu Besuch gewesen war. Aber größtenteils ließ Sabine die Wohnung in dem

Zustand, wie ihre Mutter sie verlassen hatte.

Auch heute verstaute sie wieder einige Sachen in ihrem Auto. Zu guter Letzt nahm sie noch vom Balkon einen alten Buchsbaum und einen Kirschlorbeer mit, den ihre Mutter aus dem Garten ihrer Schwester bekommen hatte. Beide wollte Sabine auf Ursulas Grab pflanzen. Einen kleinen Gipsengel, der seit Jahren den Teetisch verziert hatte, nahm sie ebenfalls mit. Er sollte seinen Platz vor Ursulas Grabstein finden. Sie fuhr zum Friedhof, pflanzte die Bäumchen und postierte den Engel neben das ewige Licht vor dem matt schimmernden Stein. Dort hielt er seine Knie umschlungen und blickte mit leicht geneigtem Kopf verträumt auf das Grab. Anschließend fuhr sie zu ihrem Vater.

Seit Ursulas Tod ging es Wolfgang sehr schlecht und Sabine machte sich große Sorgen um ihn. Er war der Überzeugung todkrank zu sein und bald ins Krankenhaus zu müssen. Er bestand darauf, Sabine in all seine wichtigen Belange für den Fall seines Todes zu unterweisen. Jeden Tag rannte er zu einem anderen Arzt. Alle bescheinigten ihm seine Gesundheit, aber er glaubte ihnen nicht. Und so überwies ihn schließlich sein Hausarzt zu einem Neurologen, der ihm dann Psychopharmaka und eine Therapie verschrieb. Sabine hatte ihren Vater noch nie so erlebt. Dass er um Ursula trauerte, auch fünfunddreißig Jahre nach der Scheidung, konnte sie sehr gut nachvollziehen. Sie hatten sich trotz allem sehr nahe gestanden. Aber ihre eigene Trauer, die Arbeit, die sie mit der Nachlassregelung ihrer Mutter hatte und dazu noch die Hilf- und Kopflosigkeit ihres Vaters, machten ihr schwer zu schaffen. Trotzdem schaute sie regelmäßig bei ihm vorbei. Es waren beklemmende Besuche, da er nur noch über die Symptome seines kommenden Verfalls sprechen wollte. Sabine reagierte nicht immer geduldig darauf.

Um nach diesen anstrengenden Aufenthalten etwas abzuschalten, versuchte sie meist noch einen Besuch bei einer ihrer Freundinnen einzurichten. Sie sprachen dann oft über den Tod. Sabine wollte wissen, wie sie den Tod sahen. Einige hatten auch schon Mutter oder Vater verloren. Wie waren sie mit ihrer Trauer umgegangen? Glaubten sie an ein Leben nach dem Tod?

„Als mein Vater starb", sagte ihr eine Freundin etwas schüchtern, „hatte ich in den ersten Wochen nach seinem Tod oft das Gefühl, er säße neben mir im Auto. So wie zu Lebzeiten. Ich bin überzeugt, er war bei mir." Eine andere Freundin, die in ihrer Jugend nach einer schweren Operation mehrere Wochen im Koma gelegen hatte, berichtete Sabine über ein Nahtoderlebnis, das sie in dieser Zeit hatte. „Es fühlte sich alles gut an. Nichts war mehr wichtig." Eine ehemalige Arbeitskollegin erzählte Sabine von einer Begebenheit, die sich vor wenigen Monaten zugetragen hatte: Sie befand sich gerade in einem Meeting mit einem ihrer Kollegen. Dieser hatte kurze Zeit zuvor auf schmerzhafte Weise seine Mutter verloren. Während sie zusammen saßen und über ein Projekt sprachen, sah sie während der gesamten Besprechung die verstorbene Mutter neben ihrem Sohn stehen. Er selbst schien nichts davon mitzubekommen. Sabine war verblüfft und fasziniert zugleich. Wie gern würde sie ihre Mutter sehen können.

Viele sprachen nun offen von Erlebnissen, über die sie sich sonst im Allgemeinen bedeckt hielten, aus Angst belächelt oder für verrückt gehalten zu werden. Sabine tat der intensive Austausch mit ihren Freunden sehr gut. Es gab aber auch Menschen in ihrer Umgebung, bei denen sie einen allgemeinen Unwillen feststellte, sich mit dem Tod näher auseinanderzusetzen. Oft bekam sie das Argument zu hören, dass es wichtiger sei, sich mit dem Leben als mit dem Tod zu befassen. Für Sabine schloss das eine das andere nicht aus.

Insgesamt gelang Sabine die Bewältigung des Alltages nur mühsam. Sie war als selbstständige Trainerin in der Erwachsenenbildung tätig. Aber sie brachte es in dieser Zeit nicht fertig, vor eine Gruppe zu treten. So beschränkte sie sich darauf, Telefonate mit Kunden zu führen und dabei ihre Kollegen zu vermitteln. Das fiel ihr in ihrem derzeitigen Zustand erheblich leichter.

Wenn sie in dieser Zeit gefragt wurde, wie es ihr ging, erwiderte sie: „wellenhaft". Eine sehr passende Beschreibung ihres Befindens. Denn in ihre Trauer mischte sich auch eine unerklärliche Aufbruchstimmung. Sie verspürte das Bedürfnis aus dem Krater des Verlustes eine Blume wachsen zu lassen. Sie wollte mit etwas Neuem beginnen, etwas, das nicht entstanden wäre, wenn Ursula weitergelebt hätte. Ihr Bedürfnis war, dem

Tod ihrer Mutter einen Sinn zu geben. So begann sie, ihre Gedanken zum Thema Tod aufzuschreiben.

Theater, Theater...

Alles ist hell und leuchtet. Leicht und beschwingt bin ich und voller Tatendrang, wie früher, wenn ich lange und gut geschlafen habe. Ich schaue mich um und sitze immer noch am Rand der Klippe. Unter mir plätschert das Meer.

„Hattest du einen schönen Urlaub?" fragt mich Celine.

„Herrlich", erwidere ich.

„Komm, lass uns ein wenig spazieren gehen", sagt sie, steht auf und schwebt in die Richtung eines nahe gelegenen Waldes.

Der Weg ist kurvig und führt noch eine Weile am Meer entlang. Ich höre die Wellen rauschen. Mir fällt auf einmal wieder mein früheres Leben als Patrick ein und die Begegnung mit Lilian und Henry, meinen jetzigen Themenguides.

„Wir leben also mehrmals?", frage ich Celine.

„Ja, du hast bestimmt schon von der Idee der Wiedergeburt gehört?"

„Ich habe mit meiner Tochter öfter über den Tod und was wohl danach kommen mag spekuliert. Sie glaubte an die Wiedergeburt oder, wie sie sagte, an die Reinkarnation. Mir fiel die Vorstellung immer sehr schwer. Ich bin ja katholisch erzogen worden. Aber das Wiedersehen mit Lilian und Henry spricht ja dafür.

„In vielen Weltreligionen weiß man um die Wiedergeburt oder Reinkarnation. Auch die frühen Christen waren davon überzeugt. Aber wir bestimmen selbst, wann und wie wir wieder auf die Erde zurückkehren. Ich zum Beispiel habe mich dazu entschlossen, vorerst nicht in einen neuen Erdenkörper zu schlüpfen."

„Wir entscheiden das selbst?"

„Ja, deine Seele entscheidet das. Wir nennen die Seele auch 'Höheres Selbst'. Der Seele oder dem Höheren Selbst entspringen alle Inkarnationen, wobei das Ganze mehr ist als die Summe seiner Teile. Die Teile sind die einzelnen Inkarnationen, die du durchlebst. Wie soeben schon einmal erwähnt, hat die Seele ein Potenzial, also bestimmte Eigenschaften und Fähigkeiten, die für eine Inkarnation und den dort geplanten Auftrag förderlich sein können – sofern man sie nutzt. Die in den einzelnen Inkarnationen gemachten Erfahrungen fließen dann wieder zurück in die Seele, womit sich diese ständig weiter entwickelt. Sobald eine Seele sich entschließt auf der Erde zu reinkarnieren, bildet sie auf Grund der Wahl ihrer Eltern und zivilisatorischer Einflüsse langsam aber sicher eine Persönlichkeit aus, die neben ihren Seeleneigenschaften ebenfalls die Umsetzung des Lebensplanes fördern soll - wenn es gut läuft. Manchmal entwickelt sich jedoch die Persönlichkeit in einer Art und Weise, dass sie gegen ihren geplanten Auftrag arbeitet."

„Ich nehme mal an, dass die Seele dann eine neue Chance auf der Erde erhält? In einem neuen Leben?"

„Genau."

„Kann man denn nur auf der Erde lernen?"

„Nein, natürlich nicht. Es geht auch anders. Aber viele Seelen spüren nach einiger Zeit im Jenseits den Drang, wieder in einen Körper zu schlüpfen und eine erneute Runde auf der Erde zu drehen. Das Jenseits wird von den meisten als Urlaub oder als Erholung von den Erdenrunden erlebt. Aber dann kommt der Zeitpunkt, an dem sie der Erholung überdrüssig werden. Es drängt sie nach neuen Erfahrungen. Sie möchten nicht erfüllte Aufträge nachholen und bevorzugen vorwiegend die erdgebundenen physischen Erlebnisse. Viele Seelen inkarnieren immer und immer wieder. Wir nennen solche Seelen `Erdprofis´. Andere wollen aber erst einmal im Jenseits weitergehen und sich hier speziellen Aufgaben widmen, wie zum Beispiel der Guideausbildung. Das sind häufig Seelen, die sich in einer rein geistigen Dimension wohler fühlen. Auch auf der Erde trifft man solche Seelen mitunter an. Man erkennt sie daran, dass sie oft sehr vergeistigt wirken und ihrem Körper im Allgemeinen nicht viel Aufmerksamkeit schenken. Sie selbst werden während ihres ganzen Lebens das Gefühl von Fremdheit nicht los. Sie fühlen sich nicht dazu gehörig und können mit Emotionen im Allgemeinen nicht viel anfangen. Solche Seelen wollen einfach nur mal auf der Erde vorbeischauen, ohne sich wirklich darauf einzulassen. Sie sind eher Beobachter aus einer anderen Dimension."

„Irgendwie habe ich das Gefühl zu den `Erdprofis´ zu gehören."

„Ja, dein Gefühl ist richtig."

„Und wenn wir uns entscheiden auf die Erde zurück zu gehen, dann planen wir vorher unser zukünftiges Leben?"

„Ja"

„Und wir suchen uns unsere Mitspieler aus?"

„Ja. Das Leben ist wie ein Theaterstück. Aber wir sind gleichzeitig Regisseur und Hauptdarsteller. Und wir vereinbaren mit anderen Seelen, wer welche Rolle in diesem Stück spielt. Somit sind die Theaterstücke der einzelnen Seelen miteinander verwoben. Oft verabreden sich immer wieder die gleichen Seelen zu neuen Theaterstücken, nur mit anderen Rollenverteilungen."

„Das heißt, meine Tochter könnte in meinem vergangen Leben möglicherweise meine Mutter gewesen sein?" Eine spannende Vorstellung, finde ich.

„Oder deine Ehefrau, dein Ehemann, dein Bruder, oder, oder...

wir wechseln auch die Geschlechter während der einzelnen Theaterstücke, um die unterschiedlichsten Erfahrungen sammeln zu können." Ich muss lächeln und schüttle den Kopf. „Einen Gedanken finde ich besonders skurril: wir suchen uns zum Beispiel unsere Eltern oder Lebenspartner selbst aus?", frage ich ungläubig.

„... und sie suchen uns aus. Dies geschieht mit gegenseitigem Einverständnis", nickt Celine.

„Ich kann mir nicht vorstellen, dass ich mir meine Mutter freiwillig ausgesucht haben soll." Ich lache bitter.

„Es kann viele Gründe haben, warum sich eine Seele Begegnungen aussucht, die auf den ersten Blick nicht so erfreulich sind."

„Und welche?" Dieser Gedanke ist für mich nur schwer nachzuvollziehen.

„Durch bestimmte Erfahrungen kann eine Seele in ihrer Entwicklung gefördert werden. Es gibt nicht umsonst den Spruch: 'Deine Feinde sind oft deine wahren Lehrer'. Das ist in der Tat so. Sich besonders nahe stehende Seelen stellen sich häufig für unangenehme Erfahrungen zur Verfügung, um die befreundete Seele dadurch in ihrer Entwicklung zu unterstützen. Das heißt im Umkehrschluss aber nicht, dass alle Peiniger vertraute Seelen sind."

„Wir suchen uns unsere Hürden selber aus? Es soll sich jemand freiwillig eine Krankheit, eine Behinderung oder Armut aussuchen? Tut mir leid, aber das klingt für mich völlig absurd." Ich merke, wie ich ungehalten werde und der Ton meiner Stimme sich verschärft.

„Weißt du Ursula, hier auf dieser Ebene relativieren sich Kategorien wie gut und böse. Über Sinn und Zweck von so genannten Widrigkeiten, die du auf der Erde erlebt hast, wirst du hier nach und nach aufgeklärt werden. Hier gibt es nur Entwicklungsmöglichkeiten."

„Das heißt also, alles was uns widerfährt, haben wir bereits vor unserem Erdenleben beschlossen, um uns weiter zu entwickeln? Dann haben wir doch gar keine freie Wahl mehr. Dann sind wir doch quasi unseren eigenen Plänen ausgeliefert?"

„Nein, so ist es nicht. Es gibt lediglich bestimmte Fixpunkte, die vor der Geburt festlegt sind. An denen ist nicht zu rütteln, unabhängig was sich dazwischen abspielt. Sie gehören zur Bestimmung dazu. Zwischen den Fixpunkten entscheidet und handelt ihr spontan, möglicherweise auch entgegen euren ursprünglichen Plänen."

„Und wer legt diese Fixpunkte fest?", frage ich misstrauisch.

„Jeder legt seine Fixpunkte selbst fest. Aber nicht alle angenehmen oder unangenehmen Erfahrungen sind vorherbestimmt oder vorher verabredet worden. Sie können auch im Laufe eines Lebens als Ergebnis einer angeeigneten

Denkhaltung oder Überzeugung entstehen. Menschen, die zum Beispiel davon überzeugt sind, dass sie kein Glück verdient haben, ziehen unweigerlich Menschen und Situationen in ihrem Leben an, die sie in dieser Denkhaltung bestätigen."

„Wie soll das denn gehen?" Ich möchte eine genauere Erklärung haben.

„Ein Mensch, der sich selbst liebt, wird viel eher freundliche Menschen anziehen als jemand, der sich selbst hasst. In sofern ist die Umwelt auch immer ein Spiegel der inneren Einstellung. Innen = Außen. Das kommt dir bekannt vor, nicht wahr?"

Ich sage nichts darauf. Celine kennt ja eh all meine Gedanken. Sie hat einen wunden Punkt getroffen.

Plötzlich fühle ich Sabine. Sie denkt gerade an mich. Sie fragt sich, wie es zu meiner Krankheit kommen konnte. Ihre Gedanken nehme ich in Form von Bildern wahr. Ich sehe eine Situation aus meinen letzten Lebensjahren: Nach der Beziehung mit Richard war ich lange Zeit allein gewesen. Mit inzwischen vierundsechzig Jahren war ich davon überzeugt gewesen, dass kein Mann in meinem Alter sich mit einer Frau seines Alters würde einlassen wollen.

„Du bist doch nicht alt, Mutti", hatte Sabine damals gesagt.

„Die Männer in meinem Alter sind nur an jüngeren Frauen interessiert und die älteren Männer wollen nur versorgt werden", hatte ich voller Überzeugung geantwortet, „Außerdem bin ich so zufrieden, wie es ist. Ich bin frei, kann tun und lassen, was ich will, brauche mich nach niemandem zu richten. Und ich habe eine Menge Freundinnen". Trotzdem wussten sowohl Sabine wie auch ich, vorausgesetzt ich war ehrlich zu mir, dass ich nicht sonderlich zufrieden mit meiner Situation war. Eigentlich hatte ich es satt immer nur mit Freundinnen unterwegs zu sein. Mit einem Mann auszugehen, war eben doch etwas anderes. Außerdem hatte ich das Bedürfnis mich anzulehnen. Ein Bedürfnis, was eine Frau nach zehn Jahren Alleinsein wohl haben darf.

Ich sehe, wie Sabine eine alte Zeitungsanzeige hervorholt: *`Junggebliebene 64-Jährige Sie, kultur-, natur- tanz- und jazzbegeistert, sucht Ihn zwecks Freizeitgestaltung´*. Die Erinnerung an diese Zeilen, entlockt mir noch jetzt ein Schmunzeln. Sabine hatte damals diese Anzeige, ohne mein Wissen, in einer großen überregionalen Zeitung aufgegeben. Sie wollte mich überraschen. Damals wusste ich nicht, ob ich wütend, belustigt oder dankbar sein sollte. Häufig hatte ich mit dem Gedanken gespielt, eine Kontaktanzeige aufzugeben. Aber schließlich traute ich mich doch nie. Sabine fragt sich jetzt, ob ihr Versuch, mein Schicksal zu lenken, ein Fehler gewesen war.

Zwei Antworten bekam ich auf die Anzeige: ein in Hamburg lebender Mittsechziger, der wieder an den Niederrhein ziehen wollte und ein siebzigjähriger Arzt im Ruhestand. Der Schreibstil des Arztes sprach für sich. Wir trafen und verliebten uns. Das Alter schützt weder vor Flugzeugen im Bauch, noch vor der rosaroten Brille mit all ihren Nebenwirkungen und Folgen. Wir unternahmen viele Reisen, besuchten Konzerte und genossen gemeinsam mit dem Fahrrad die Natur. Ich war sehr glücklich. Vielleicht zu glücklich? Diesen Zustand war ich nicht mehr gewöhnt. Ein fast unheimlicher Zustand, der für mich immer die Angst vor einer drohenden Auflösung in sich birgt. Nach einem Jahr wurde mir die rosarote Brille abrupt von der Nase gerissen: Meine Krankheit brach aus und bis dahin ignorierte Schwierigkeiten in unserer jungen Liebe bahnten sich ihren Weg. Innerhalb eines halben Jahres operierte man mich zweimal. Nach der zweiten Operation ließ er unsere Beziehung auslaufen. In den folgenden Monaten verlor ich meine Haare durch eine Chemotherapie und meinen Lebensmut durch Liebeskummer.

Was hatte Celine soeben gesagt? `Die Umwelt ist auch immer ein Spiegel der inneren Einstellung´. Immer wenn ich gerade einmal glücklich im Leben war, brach irgendeine Katastrophe über mich herein. Ich frage mich, ob diese durch meine Überzeugung ausgelöst wurde, ich sei des Glückes nicht wert? `Ich verdiene kein Glück´, sagte ich des Öfteren zu mir selbst. Gab es diese Katastrophen aufgrund meiner Einstellung, oder hatte sich die Einstellung erst im Laufe des Lebens aufgrund meiner negativen Erfahrungen ins Bewusstsein eingegraben? Wo war die Henne, wo das Ei? Ich bleibe mir, zumindest für diesen Moment, die Antwort schuldig.

Fixpunkte des Lebenstheaters

„Wie sehen denn die Fixpunkte aus, von denen du soeben gesprochen hast?" frage ich Celine.

„Das kann eine Begegnung mit einem bestimmten Menschen sein, eine Krankheit, ein Lottogewinn, der Tod eines geliebten Menschen, ein Unfall oder vieles mehr. Es gibt zahllose Fixpunkte. Mit diesen will eine Seele bestimmte Erfahrungen sammeln oder ihre Mitmenschen in einer bestimmten Erfahrung unterstützen. In der Planungsphase zu unseren neuen Erdenleben vereinbaren wir solche Fixpunkte mit den beteiligten Seelen. Aber wir erinnern uns während des Lebens nicht mehr daran.

Es kann beispielsweise sein, dass drei Seelen, die eine in der Kinderrolle, die beiden anderen in der Elternrolle vorab planen, dass das Kind die Geburt erst gar nicht überlebt. Die Seele des Kindes möchte den Geburts- und Todesprozess noch einmal dicht beieinander erleben, ohne sich mit weiteren Lebensaspekten beschäftigen zu müssen. Oder sie beabsichtigt vielleicht nur die körperliche Erfahrung der Heranreifung im Mutterleib zu erleben. Sozusagen als Kostprobe der körperlichen Existenz, ohne sich voll und ganz darauf einlassen zu müssen. Die Seele der Mutter will aus bestimmten Gründen die Erfahrung des Kindsverlustes machen. Der Wunsch der Kinderseele eine körperliche Kostprobe zu nehmen und der Wunsch der Elternseelen die Erfahrung des Kindsverlustes zu machen, greifen dann ineinander. So ziehen sich diese Seelen für eine gemeinsame Inkarnation an."

„Das ist aber eine grausige Vorstellung."

„Aus irdischer Perspektive schon, aber - wie du weißt - hier gibt es nur Erfahrungen. Eine solch grausame Erfahrung kann für die Elternseelen als Entwicklungsbeschleuniger dienen, sofern sie auch als solcher erkannt und genutzt wird. Manche können die Erfahrungen jedoch nicht annehmen. Sie benötigen dann noch etwas Zeit, um ihre Lektion zu lernen."

„Gibt es denn auch angenehme Fixpunkte?", frage ich bedrückt.

„Ja natürlich. Die gibt es. Alle Fixpunkte dienen der Erfahrungserweiterung. Dazu gehören selbstverständlich auch schöne Erlebnisse. Aber auch dort kommt es darauf an, was wir daraus machen. Beispielsweise kann ein Lottogewinn zunächst einmal ein durchaus erfreuliches Erlebnis sein. Aber es kommt immer wieder vor, dass ein Mensch mit diesem Geschenk gar nicht umgehen kann. Ob der Fixpunkt nun wie vorgesehen wirkt oder ob er fehlschlägt, hängt auch von der Entwicklung der Persönlichkeit bis zu jenem Fixpunkt ab."

„Hm, also um das noch einmal zusammenzufassen: Die Fixpunkte können sowohl angenehme wie unangenehme Ereignisse sein. Sie dienen lediglich der Entwicklung und wir legen sie vor dem Leben fest."

„Genau", antwortet Celine, „aber zwischen den Fixpunkten

bleibt das Leben variabel. Seelen machen Pläne, die dann im Leben entweder umgesetzt, geändert oder auch aus den Augen verloren werden können. So ist das eben. Die Guides tun ihr Bestes, um die Menschen bei der Umsetzung der Pläne zu unterstützen. Manchmal durch Gedankenanstöße, durch Intuitionen oder Inspirationen. Die Aufgabe der Menschen ist es, diese unsichtbaren Hinweise wahrzunehmen, die richtigen Schlüsse zu ziehen und entsprechende Taten folgen zu lassen."

Ich frage mich, welche Fixpunkte ich mir in meinem Leben als Ursula ausgesucht habe.

Kaum stelle ich die Frage, sitze ich als vierzigjährige Mutter im Kinderzimmer neben Sabine. Gestresst überprüfe ich gerade ihre Hausaufgaben. Sie ist jetzt in der dritten Schulklasse. Als berufstätige und allein erziehende Mutter fühle ich mich oft überfordert. Meine Arbeit in der Modebranche ist sehr anstrengend, da ich oft Überstunden machen muss. Morgens bringe ich Sabine in den Kinderhort, wo sie den ganzen Tag – bis auf die Zeiten in der Schule – bleibt und auch ihre Hausaufgaben erledigt. Abends nach der Arbeit, hole ich sie dort wieder ab. Danach gehen wir einkaufen und tragen die Einkaufstaschen zu Fuß nach Hause. Wir haben weder ein Auto noch eine Heizung. Das Geld ist knapp. Um den Ofen zu befeuern, muss ich jeden Tag Kohlen aus dem Keller holen. Nachdem ich gekocht und wir gegessen haben, kontrolliere ich ihre Hausaufgaben. Für mich ist das wichtig, nicht nur weil sie nicht gut in der Schule ist, sondern auch um meiner Pflicht als ordentliche Mutter nachzukommen und mein schlechtes Gewissen zu beruhigen. Der Alltag zerrt in dieser Zeit sehr an meinen Nerven. Hat Sabine schlechte Noten, weil ich zuviel Arbeit habe und nicht genügend für sie da bin? Diese Fragen beschäftigen mich tagtäglich. Weil ich mich hilflos fühle – ich muss doch schließlich für unseren Lebensunterhalt sorgen – verhalte ich mich Sabine gegenüber oft sehr ungehalten und ungeduldig. Besonders wenn sie schlechte Noten mit nach Hause bringt. In solchen Momenten erscheint sie mir wie ein personifizierter Vorwurf für meinen Zeitmangel. Sie kann nichts dafür. Sie verhält sich auch nicht so. Im Gegenteil, sie hängt sehr an mir und liebt mich über alles. Aber ihre Gleichgültigkeit, den schlechten Schulnoten gegenüber, treibt mich auf die Palme. Wenn sie eine vier mit nach Hause bringt, sagt sie schulternzuckend, „sei froh, dass ich keine fünf habe", und wenn es eine fünf ist „sei froh, dass es keine sechs ist." Und das mit acht Jahren!

Als ich jetzt ihre schludrig gemachten Hausaufgaben überprüfe, entdecke ich zig Flüchtigkeitsfehler, Fehler die wirklich nicht sein müssten, so finde ich. Als ich sie zur Rede stelle, wird sie patzig und ich explodiere. Das ist wirklich nicht zu fassen. Die ganzen Fehler und dann noch patzig werden. Eine Unverschämtheit. Ich schreie Sabine an, ohrfeige sie. Sie taumelt nach hinten, stolpert über einen kleinen Tisch und fällt zu

Boden. In diesem Moment bricht etwas in mir zu zusammen und ich bekomme einen Heulkrampf.

Dann zum Glück – Schnitt – ich bin wieder auf meiner Wiese im Jenseits.

Celine: „Das war einer deiner Fixpunkte."

Immer noch geschockt über den soeben erlebten Flashback, bin ich zunächst sprachlos. Die Situation hatte ich völlig aus meinem Gedächtnis gelöscht. Auch Sabine sprach mich nie darauf an.

Celine klärt mich auf: „Aus verschiedenen Gründen haben du und Sabine ihr Schulversagen während der ersten drei Jahre ihrer Schulzeit geplant."

Stimmt, ich erinnere mich, dass Sabines Schulleistungen danach kein mehr Thema mehr waren.

„Durch ihr Schulversagen sollte dein schlechtes Gewissen und durch ihre Patzigkeit deine Aggression aktiviert werden. Die anschließende Eskalation war der Höhepunkt des Konfliktes und zugleich der Fixpunkt, den du in dein Leben eingebaut hast."

„Fixpunkt wofür denn? Dafür das ich überarbeitet war? Dafür, dass ich unser Leben regeln musste, dass alles an mir hängen blieb? Das alles meine Schuld ist? " frage ich gereizt.

Celine: „Richtig. Das Thema dieses Fixpunktes waren deine Schuldgefühle, ein Thema, dass dich schon in mehreren Leben begleitet hat. In deiner Planung wurdest du von der Hoffnung getragen, dass du durch die Eskalation und deinen anschließenden Zusammenbruch die Komplexität des Themas `Schuldgefühle´ durchschauen würdest."

„Komplexität?"

„Du bist mit Deinen Schuldgefühlen unterschiedlich umgegangen. In einigen Situationen, wenn sie dich wieder einholten, reagiertest du unterwürfig nachgebend. Manchmal, wie in dem soeben erlebten Fall, hast du mit Aggressionen geantwortet. Mit diesem für dich sehr schockierenden Erlebnis hofftest du, es würde dir gelingen, Schuldgefühle und deren Konsequenzen zu hinterfragen. Zum Teil ist es dir auch gelungen. Bestimmte Umstände ließen dich aber immer wieder in dein altes Muster zurückfallen."

Das muss ich jetzt erst einmal verdauen. Ich blicke traurig zu Boden. Celine spürt meine tiefe Verunsicherung und gibt mir etwas Zeit. Ich versuche an unser Gespräch vor der Erinnerungssequenz anzuknüpfen.

„Und diese Situation haben Sabine und ich vor unserem Leben wirklich gemeinsam geplant?" möchte ich mich vergewissern.

„Ja, Sabine hat natürlich ihr Einverständnis dazu gegeben",

antwortet Celine und lächelt mich an. Langsam beruhige ich mich. Während wir eine Weile schweigend nebeneinander hergehen, frage ich mich, wie eine Lebensplanung eigentlich aussieht? Das übersteigt mein Vorstellungsvermögen.

Regie des Lebenstheaters

„Du musst dir das als Gemeinschaftsarbeit vorstellen." Celine, die meine Frage mitbekommen hat, geht sofort darauf ein. „Eine Gruppe von Seelen schreibt ein Theaterstück. Sie verteilen Rollen und integrieren die jeweiligen Fixpunkte in den Ablauf. Kernaufgaben und Lernthemen werden festgelegt, die im Erdenleben bearbeitet werden müssen. Jede einzelne Seele hat eine Bestimmung oder einen Auftrag, um seinen einzigartigen Beitrag in der Welt zu leisten. Wir hatten das Thema schon mal."

„Ja, ich weiß." Aber mir erscheint das alles sehr komplex und ich kann mir nicht wirklich vorstellen, wie eine kleine Gruppe von Seelen das fertig bringen soll.

Celine greift meine Gedanken auf: „Keine Sorge, ihr habt Unterstützung. Den Seelengruppen sind Ratgeber als Moderatoren an die Seite gestellt. In der Regel sind es Seelen, die genau für diese Aufgabe ausgebildet worden sind. Sie sind in ihrem Entwicklungsniveau sehr weit und haben bereits eine Menge Erfahrung auf der Erde sammeln können. Die Arbeit an einem Theaterstück ist eine sehr anspruchsvolle Aufgabe. Die verschiedenen Lebenskonzepte der beteiligten Seelen müssen miteinander verknüpft werden. Die Moderatoren behalten dabei den Überblick."

Gott sei Dank, denke ich, wenigstens die behalten den

Überblick. Aber ich frage mich schon wieder: Was sind Kernaufgaben und Lernthemen???

„Vor jedem Leben suchen wir uns eine bestimmte Kernaufgabe aus, um unsere Bestimmung bzw. unseren Auftrag in die Praxis umzusetzen. Ist die Bestimmung zum Beispiel das Heilen, wird sich die Seele als Kernaufgabe ein Leben als Arzt, Homöopath, Krankenschwester, Therapeut oder ähnliches konstruieren."

„Und die Lernthemen?"

„An den Lernthemen könnt ihr wachsen. Sie stellen die Schwierigkeiten in eurem Leben dar. Zum Beispiel: Wie lerne ich Geduld? Wie lerne ich einen angemessenen Grad zwischen Abgrenzung und Öffnung gegenüber meinen Mitmenschen? Wie kann ich mit Ablehnung und Kritik umgehen? Wie kann ich Selbstverwirklichung und Fürsorge miteinander vereinbaren? Ein schneller Weg, um Geduld zu erlernen, wäre beispielsweise bei einem Unfall seine Beweglichkeit durch Querschnittslähmung zu verlieren und so auf sehr intensive und schmerzhafte Weise gezwungen zu sein, sich mit diesem Thema auseinander zu setzen. Es `geht´ dann alles erst mal nicht mehr so schnell. Das wäre sozusagen der `Crashkurs´ im Entwickeln von Geduld."

Ich reiße entsetzt die Augen auf.

„Das war jetzt ein sehr drastisches Beispiel, um es anschaulich zu machen", beruhigt mich Celine. „Es geht auch gemächlicher und weniger schmerzhaft. Ob jemand dazu neigt, sich viel aufzubürden, ist eine Frage der persönlichen Neigungen. Einige Seelen tendieren eben eher zu drastischen Erfahrungen. Sie sind davon überzeugt, auf diese Weise besser lernen zu können. Aber auch durch schöne Erlebnisse kommt man weiter. Die Erfahrung, die eine Seele in einer bestimmten Inkarnation macht, integriert sie in ihre Erfahrungsstruktur, die somit immer reicher wird. In Euren Planungen bemüht ihr euch Möglichkeiten zu schaffen, eure Erfahrungsstruktur zu erweitern. Komm, ich zeig dir was."

Die Umgebung ändert sich. Wir befinden uns jetzt in einem großen Saal. Mehrere Tischgruppen stehen beieinander. Zwischen den Tischen stehen zur Abtrennung mannshohe Bücherregale. Der Saal erinnert an eine Universitätsbibliothek. Es herrscht eine freundliche, arbeitsame Atmosphäre. Aus dem Boden wachsen Pflanzen. Sie haben Blüten in inspirierenden Farben und verströmen einen beruhigenden Duft. An den Tischen sitzen Gruppen von Menschen bzw. Seelen beieinander. Sie leuchten in unschiedlichen Farben ähnlich den Blumen im Raum. Ich spüre die Konzentration, die von ihnen ausgeht. Es scheint, als arbeiteten sie an einem gemeinsamen Projekt.

„Wo sind wir hier?", frage ich.

„Das sind Seelengruppen mit ihren jeweiligen Beratern. Sie

haben sich zusammengetan, um ihre nächste Inkarnation zu planen", antwortet mir Celine.

„Es ist sehr schön hier. Finden die Planungen immer so statt?"

„Nein, das sucht sich jede Gruppe selber aus."

Wieder wechselt die Szenerie. Wir befinden uns auf einem großen Plateau inmitten hoch aufragender Berge. An dem Ufer eines Sees sind Zelte um ein Lagerfeuer aufgebaut. Vor jedem Zelt sitzt jemand. „Planen die auch ihre nächste Inkarnation?"

„Ja." Celine blickt in die Gruppe. „Sie scheinen sich über die Rollenverteilung noch nicht geeinigt zu haben."

Ich sehe, wie sie heftig diskutieren. Einige Gedanken der dort Versammelten schnappe ich auf. Zwei aus dieser Gruppe wollen sich im anstehenden Leben dem Spannungsfeld Macht-Ohnmacht widmen. Eine der beiden, in ihrer Erscheinung eine Frau aus dem achtzehnten Jahrhundert, klein und zierlich, hatte in ihrem letzten Leben ihre Macht zum Nachteil anderer missbraucht. Celine zeigt mir eine Szene: Die Frau drischt auf ein ungefähr sechs Jahre altes Mädchen mit einem Ledergürtel ein. Je lauter das Kind schreit, desto härter schlägt sie zu. Die Frau ist Direktorin eines Waisenhauses und schikaniert und quält ihre Schutzbefohlenen. Sie läßt die Kinder hart arbeiten und bereichert sich daran. Sie müssen Kleider für wohlhabende Leute nähen und bekommen lediglich schlechte Kost und eine

Pritsche in einem riesigen Schlafsaal. Sie hält die Kinder wie Sklaven.

„In ihrer Jugend war sie ein Mensch mit hohen Idealen", versucht Celine mir die Hintergründe näher zu erläutern. „Eine enttäuschte Liebe ließ sie verbittern und innerlich verhärten. Ihre ganze Verbitterung ließ sie an den Kindern aus. Sie konnte ihre Unschuld und Jugend nicht ertragen. Hier im Jenseits hat sie aber ihre Problematik erkannt und möchte in ihrem nächsten Leben die entgegengesetzte Position kennen lernen: die der Ohnmacht. Sie wird als Kind in das Waisenhaus zurückkehren."

Wieder wechselt die Umgebung. Wir stehen auf einer Klippe. Unter uns tost das Meer. Eine Gestalt, von der rote Blitze ausgehen, stürzt sich unvermittelt in die tosenden Wellen. Was macht sie da? Ich bin erschrocken.

„Hier siehst du ein Beispiel von Planlosigkeit. Seitdem diese Seele die Erde verlassen hat, findet sie keine Ruhe. Ihr Drang wieder zurückzugehen ist unglaublich stark. Sie wehrt sich gegen ihren Zustand hier. Deswegen die roten Blitze."

„Warum will sie in die Wellen springen?"

„Es ist wie ein jenseitiger Selbstmord. Schon in ihrem vergangenen Leben hat sie sich umgebracht. Hier will sie jetzt dasselbe wieder tun, da sie merkt, dass sie gar nicht tot ist. Zumindest nicht so, wie sie sich das vorgestellt hatte. Nun springt sie kopflos in ein neues Leben, ohne ihr vergangenes reflektiert zu haben. Somit hat sie sich auch die Chance genommen, aus ihren Fehlern zu lernen. Den jenseitigen Bemühungen, ihr zu helfen, hat sie sich verschlossen. Es ist ein Verzweiflungsschritt, ähnlich dem eines Selbstmörders auf der Erde. Solche Fälle sind sehr unglücklich, da sich diese Seelen in ein weiteres Leben stürzen, ohne sich hier bewusst für einen neuen Weg entschieden und diesen dann entsprechend geplant zu haben."

„Sind wir denn jetzt im Geistergürtel?"

„Nein, wir nicht, aber diese Seele befindet sich im Geistergürtel."

„Wieso können wir sie dann sehen? Ich denke, wir haben hier keinen Zugang zum Geistergürtel."

„Das ist richtig. Ich habe dir diese Szene zur Veranschaulichung gezeigt. Diese Seele war ich selbst vor vielen vielen Inkarnationen", gesteht sie mir. Ich bin erstaunt. Celine im Geistergürtel? Unvorstellbar.

„Ja, auch ich war schon im Geistergürtel. Mehrmals sogar. Hier in diesem Fall glaubte ich auf Grund meiner Depressionen mein Leben nicht mehr meistern zu können. So habe ich mich auf der Erde erhängt, in der Hoffnung im Jenseits endlich nichts mehr zu spüren. Tja, leider war hier dann aber alles noch viel schlimmer. Das hatte ich nicht erwartet. Und so stürzte ich mich anstatt in den Tod in ein weiteres Leben. Ich brauchte viele Inkarnationen, um zu lernen, dass man vor nichts flüchten kann. Irgendwann habe ich es dann begriffen. Aber fast jede Seele landet irgendwann einmal im Geistergürtel. Das ist nichts Besonderes. Wichtig ist nur, dass sie auch wieder heraus findet."

Welche Auswirkung hat es wohl, wenn Seelen sich auf diese Weise `in das Leben stürzen´?

„Das hat meist zur Folge", antwortet Celine meine Frage hörend, „dass sie ihr zukünftiges Leben auch nicht viel besser bewältigt bekommen als ihr letztes Leben. Sie sind dann in einer so genannten `Entwicklungshemmung´. Durch die mangelnde Reflektionsmöglichkeit und durch den verweigerten Kontakt zu den Helfern in dieser Dimension, fehlen ihnen ein Lebensplan und die Energie, die normalerweise jede Seele bei einem Neueintritt in ein Leben mitbringt. Du musst wissen, dass hier euer eigentliches Zuhause ist. Hier tankt ihr Energie und Kraft. Die Erde ist wie ein Lernausflug in eine für euch oft anstrengende Dimension. Wenn euch dann das anschließende Auftanken im Jenseits fehlt, kommt ihr schon ziemlich erschöpft wieder auf der Erde an. Oft macht ihr dann die gleichen Fehler wie in vorherigen Leben und das verlängert den Lernprozess."

Es interessiert mich, ob ein Wiedereintritt in das Leben ohne vorherige Reflektion immer so dramatisch ist, wie das soeben Gesehene.

„Nein", sagt Celine, „eigentlich ist es eher selten so dramatisch. Die Konsequenzen für das darauf folgende Leben sind allerdings die gleichen."

„Warum begeht jemand solche Fehler?"

„Manche Seelen scheuen einfach die Reflektion. Sie haben Angst davor, sich ihr ganzes Leben noch einmal anzusehen und zu durchleben, um dann feststellen zu müssen, dass nicht alles so gelaufen ist, wie sie sich das vorgenommen hatten. Sie haben Angst, sich ihre Fehler und deren Auswirkungen anzuschauen."

„Ja, aber wissen sie denn nicht, welche Nachteile es mit sich bringt, unreflektiert wieder ins Leben zu gehen?"

„Ein Teil in ihnen weiß es. Aber der andere Teil, derjenige der `springt´, hat es vergessen. Und die Verbindung zwischen dem wissenden und dem unwissenden Teil ist abgeschnitten."

„Und niemand klärt sie auf?"

„Viele lassen ihren Seelenführer nicht so nah an sich heran. Nur sie selbst bestimmen, was sie erfahren wollen und was nicht. Du bist zum Glück sehr offen für die Unterweisungen aus dem Jenseits. Das macht für uns vieles einfacher. Du wirst in deinem weiteren Weg, welchen immer du auch gehen magst, davon profitieren. Aber auch die Helfer jener Seelen, die für die Unterweisungen aus dem Jenseits nicht so empfänglich sind, geben nicht auf. Sie versuchen immer wieder Kontakt zu ihren Schutzbefohlenen aufzunehmen. Sie sind unermüdlich."

Celine schaut mich an. „Jetzt hast du einen kleinen Einblick davon erhalten, wie die Theaterstücke, genannt Leben, hier geplant werden. Eigentlich weißt du es, da du selbst schon unzählige Leben geplant hast."

„Aber wieso erinnere ich mich nicht daran?"

„Du wirst dich schon noch daran erinnern, wenn die Zeit dazu reif ist. Doch zunächst solltest du dich auf dein letztes Leben konzentrieren. Was meinst du?"

„Du meinst, ich soll jetzt mein vergangenes Leben reflektieren?"

„Ja, dein Leben als Ursula." Ich atme tief durch.

Ursulas Lebensrückschau

Ich fühle mich plötzlich wie vor einer Prüfung.

„Was erwartet mich?", frage ich Celine mit Angst in der Stimme.

„Die Rückschau dient der Reflektion", erklärt sie mir geduldig. „Du hast die Möglichkeit, vergangene Situationen aus einem anderen Blickwinkel zu betrachten und vielleicht besser zu verstehen. Ich kann dir leider nicht versprechen, dass es schmerzfrei werden wird. Um sich jedoch weiter zu entwickeln, ist es unerlässlich. Da es mitunter anstrengend für die Seele sein kann, warten wir mit der Rückschau, bis sich die Verstorbenen hier einigermaßen stabilisiert haben. Ich denke, du bist jetzt soweit."

„Meinst du? Ich bin mir da nicht so sicher. Ich kann es mir nicht erklären, aber ich habe Angst davor."

„Angst brauchst du wirklich nicht zu haben. Wir sind immer bei dir. Du bist nie allein. Henry, Lilian und ich werden dir bei der Verarbeitung helfen."

Ich lasse resigniert den Kopf hängen. „Da muss ich wohl durch."

„Nein", antwortet Celine sanft, „wir können es auch verschieben, wenn du dich noch nicht soweit fühlst."

„Ist schon in Ordnung." Schon zu Erdzeiten habe ich unangenehme Dinge gerne schnell hinter mich gebracht. Trotzdem habe ich vor der Größe dieses Unterfangens Angst. Wie dem auch sei…

"Fangen wir an!"

Da ist ein Schmerz. Es tut weh. Ich habe Hunger. Ich fange an zu schreien, aber niemand ist da. Ich schreie lauter. Da kommt sie. Ich rieche sie. Ihr Geruch ist beruhigend. Sie nimmt mich auf ihren Arm. Endlich, da ist sie, die nie versiegende Quelle. Ich sauge und sauge. Dann werde ich schläfrig.

Es ist wie im Kino. Mit einem Unterschied: Ich habe die Möglichkeit, in den Film einzusteigen.

Ich bin vier. Meine große Schwester Hanne, neun Jahre älter als ich, passt, wie so oft, auf mich auf. Ich will unbedingt mit ihrer Perlenkette spielen, die sie zu ihrem dreizehnten Geburtstag geschenkt bekommen hat. Aber sie will sie mir nicht geben. Während wir am Küchentisch ein spärliches Abendbrot zu uns nehmen – es ist die Zeit des 2.Weltkrieges, wir bekommen nicht viel zu essen – grapsche ich nach ihrer Kette. Sie zerreißt und alle Perlen kullern über den Esstisch auf den Boden. Ich erschrecke und fange an zu weinen. Hanne springt fuchsteufelswild vom Tisch auf. Sie zerrt mich hoch, schüttelt mich und schreit mich fürchterlich an. Sie schickt mich in die Ecke. Schuldbewusst drücke ich mich an die kalte Wand. Ich liebe Hanne mehr als meine Mutter. Unsere Mutter ist selten zu Hause. Und wenn sie zu Hause ist, schimpft sie meistens und ist genervt. Deswegen habe ich Hanne zu meiner eigentlichen Mutter erkoren. Deswegen tut es weh, wenn sie böse auf mich ist.

Der Film geht weiter.

Ich bin sieben und sitze in einem Kahn. Die Sonne scheint mir warm ins Gesicht. Auf den See darf ich noch nicht alleine hinaus fahren. Aber hier am Steg, der sich vom Garten des Wochenendhauses meiner Tante direkt ins Wasser erstreckt, kann ich ein wenig im angebundenen Kahn schaukeln. Die Stille ist erholsam. In der Stadt fallen Bomben. Hier nicht. Denn hier, so sagen die Erwachsenen, ist nichts Wichtiges, was sich zu zerstören lohnte. Die Vögel zwitschern. Meine Tante und mein Onkel sind immer gut zu mir. Mindestens ein bis zwei Mal in der Woche darf ich zu ihnen. Sie haben dieses Haus am Stadtrand. Am liebsten würde ich immer hier bleiben. Meine Eltern verstehen sich nicht mehr und haben ständig Streit. Sie wollen sich scheiden lassen. Hier bei Onkel und Tante ist die Welt in Ordnung. Nur Hunger habe ich immer.

Ich bin dreizehn. Niemand in meiner Familie nimmt mich ernst. Alle halten mich für merkwürdig, da ich nicht viel spreche und oft mürrisch bin. Dann sagen sie immer: „Sei doch mal ein bisschen wie Hanne. Warum bist du auch immer so seltsam?" Ich liebe Hanne, aber oft bin ich sehr eifersüchtig auf sie. Könnte ich nur so locker, fröhlich und kess sein wie sie. Aber ich finde die Welt nicht zum Lachen. Auch Freundinnen habe ich nur wenige. Der einzige, der mich ernst nimmt und mich versteht, ist der Pfarrer unserer Kirchengemeinde. Meine Mutter und meine Schwester machen sich schon lustig über mich. Aber mir ist das egal. Ich gehe jeden Sonntag in die Messe. Alleine. Denn keiner aus meiner Familie betritt die Kirche. Nicht weil sie nicht an Gott glauben, sondern weil es ihnen zuviel Aufwand ist. Auch unter der Woche gehe ich dort hin, in der Hoffnung ihn zu treffen. Wir führen dann sehr gute Gespräche. Der Pfarrer ist noch jung. Anfang dreißig. Ihm kann ich all meine Gedanken anvertrauen. Fast alle. Denn eigentlich bin ich verliebt in ihn, was mir ein unglaublich schlechtes Gewissen bereitet. Denn in einen Kirchenmann darf man sich ja nicht verlieben. Das ist eine Sünde. So jedenfalls sagt man mir.

Szenenwechsel: Ich bin immer noch dreizehn und spaziere mit meinem Vater durch den Wald. Ich bin wieder einmal zu Besuch bei ihm und seiner neuen Frau. Meine Eltern haben sich inzwischen scheiden lassen. Ich fühle mich sehr wohl in seiner Gegenwart und habe das Gefühl, dass ich von ihm in meiner

Art besser verstanden werde. Trotzdem zahlt er für mich keinen Unterhalt an meine Mutter. Diesen muss sie bei Gericht einklagen, aber die Briefe für das Gericht soll ich schreiben. Mutter hat keine Lust dazu. Das überlässt sie mir. Das Geld sei ja schließlich für mich, sagt sie mir.

Während ich mir die Szenen meiner Kindheit und Jugend anschaue, stelle ich fest, dass ich sehr oft traurig war.

Dann, im Alter von 17 Jahren begegne ich zum ersten Mal der Liebe. Ein junger Mann von 23 Jahren umwirbt mich. Endlich nimmt mich jemand so an wie ich bin. Das Leben ist auf einmal schön. Ich blühe auf. Nach glücklichen vier Monaten diagnostiziert man bei ihm Multiple Sklerose. Um mir Leid zu ersparen, trennt er sich von mir. Eine endlich hellere Welt versinkt vorübergehend wieder in Düsterkeit. Aber diese Begegnung hat etwas in mir verändert. Ich bin selbstbewusster geworden. Für dieses Geschenk bin ich ihm jetzt noch dankbar.

Im Alter von 24 Jahren lerne ich Wolfgang kennen. Er ist der Mann meines Lebens. Das weiß ich direkt. In einem Jazzkeller sehen wir uns zum ersten Mal. Er tanzt mit einer jungen Frau schwungvoll zu den neuen Swingrhythmen, die jetzt modern sind. Ich bemerke, wie alle anwesenden Mädchen den jungen Mann bewundern. Dieser Tanz ist eine Revolution. Und keiner tanzt ihn wie er. Eine Gemeinsamkeit haben wir schon mal. Wir lieben beide die neue Musik aus Amerika, die so viel Lebensfreude in die vermiefte, sehr bürgerliche deutsche Gesellschaft der Nachkriegszeit bringt. Während der letzten Takte im Stück fällt sein Blick auf mich. Nachdem er seine Tanzpartnerin zurück zu ihrem Platz gebracht hat, setzt er sich zu mir und meiner Freundin. Ich merke, wie meine Hände feucht werden. Ich drohe vor Nervosität kein Wort herauszubekommen. Doch seine lustig dreinblickenden Augen und sein spitzbübisches Lächeln bewahren mich vor dieser peinlichen Situation. Ich fühle mich sofort entspannt und aufgehoben. Die beste Voraussetzung für eine Ehe, die wir nach vier Jahren glücklicher Beziehung miteinander eingehen. Jetzt sehe ich, dass der Verlauf unserer Eheschließung symbolisch war, für die weiteren acht Ehejahre, die auf uns warteten. Es fing harmonisch an und endete in einem Desaster. Aber so ist das wohl bei den meisten Ehen, die scheitern. Das Ja-Wort in der Kirche, das gemeinsame Essen mit unseren Verwandten war durch Einstimmigkeit und Frieden geprägt. Das abendliche Fest mit unseren Freunden war für mich die Hölle, da mich immer wieder Eifersuchtsattacken heimsuchten. Ich zwinge mich jetzt dazu, mir alle Seiten anzuschauen und nutzte die Möglichkeit meine Ehe endlich zu verarbeiten. Hiervor hatte ich mich bis zu meinem Lebensende gedrückt.

So gleite ich durch mein gesamtes Leben. Ich durchlebe jeden einzelnen Moment und kann selbst entscheiden in Situationen zu verweilen oder sie zu überspringen. Bei den schönen verharre ich sehr intensiv und genieße sie so noch einmal. Das gibt mir Kraft. Ich erinnere die Geburt von Sabine und den Tiefen Frieden, den ich empfand, als ich sie im Arm hielt. Da wurde etwas in mir ruhig, was vorher unruhig war. Bei den weniger schönen Momenten stehen mir Celine, Henry und Lilian bei. Wie Therapeuten stellen sie mir Fragen. Mitunter sträube ich mich ihnen zu antworten. Aber sie sind sehr geschickt. Sie offerieren mir alternative Sicht- und Handlungsweisen, die ich dann auch meist austeste. Ich erlebe die Szene dann aus multidimensionaler Sicht, das heißt, aus der Perspektive aller Beteiligten. Das ist sehr aufschlussreich, da ich jetzt nicht nur meine Sichtweise und die damit verbundenen Gefühle und Gedanken wahrnehme und durchlebe, sondern auch die meiner Mitakteure. Die Beweggründe und die Auswirkungen von Gedanken und Handlungen, aber auch die der unterlassenen Handlungen kann ich jetzt besser nachvollziehen. Es ist so, als schriebe ich neue Theaterstücke und spielte sie dann in allen Rollen durch. Die Ergebnisse unterziehe ich, mit Hilfe meiner Guides, einer genauen Analyse. Wir vergleichen die entstandenen Alternativen mit den tatsächlichen Ergebnissen meines Lebens. Zum Teil erkenne ich, an welchen Stellen es gehakt hat, welche Überzeugungen mich zu immer gleichen Handlungsmustern getrieben haben und welche inneren Wahrheiten den Gang meines Lebens gelenkt haben. Freude und Schmerz, die ich bei meinen Mitmenschen ausgelöst habe, werden auf einmal sehr real für mich. Die Freude ist beglückend, der Schmerz fürchterlich und die darauf folgende Einsicht sehr tief greifend. Mir wird klar, dass die Frage nach Schuld oder Nichtschuld, nach Täter oder Opfer eine relative ist. Überhaupt wird mir jetzt klar, warum diese Lebensrückschau so wichtig ist. Viele Erlebnisse, egal welcher Art, sehe ich nun in einem anderen Licht. Zusammenhänge im `Strickmuster´ des Lebens treten nun deutlich hervor. Vieles, was mir im Leben unverständlich oder sinnlos erschien, erhält nun im Nachhinein einen Sinn. Ich sehe, dass meine hinderlichste Überzeugung die von meiner eigenen Wertlosigkeit und Schuld war. Mangelnde Eigenliebe und beständige Schuldgefühle haben mein Leben in großen Teilen bestimmt und dominiert. Mich erschüttert diese Erkenntnis. Wie viele meiner Leiden habe ich durch diese Einstellung erst ermöglicht. Das erkenne ich jetzt ganz deutlich.

Vieles ist schlimm für mich und ich traktiere mich mit Selbstvorwürfen. „Quäl dich nicht Ursula", sagt Celine mir dann. „Während der Rückschau geht es fast allen so. Jeder macht das durch. Ich weiß, wie weh es tun kann. Du weißt, dass du dazu neigst dich besonders auf die Aspekte zu konzentrieren, bei denen du glaubst versagt zu haben. Schau dir alle Seiten an. Niemand ist perfekt. Es ist ganz normal, dass wir Fehler machen und dabei unseren Nächsten leider große Schmerzen zufügen. So wie sie uns. Aber wir sind auf die Erde gekommen, um zu lernen. Vor der Geburt planen wir unser Leben, im Tod reflektieren wir es. Durch die Rückschau im Jenseits begreifen wir vieles, was uns im Leben leider verborgen geblieben ist. Erst hier haben wir die Möglichkeit, uns das Gesamtprojekt anzuschauen. Es geht darum, die Struktur und die dahinter liegenden Wahrheiten zu erkennen. Eine Struktur, die immer wieder zu bestimmten Handlungen oder Unterlassungen in den vergangenen Leben geführt hat", erläutert mir Celine.

Ich denke erneut über meine fehlende Eigenliebe nach, über das permanente Gefühl von Schuld, das mich durch mein Leben begleitet hat und dieses diffuse Gefühl von Ohnmacht und Hilflosigkeit. Ich will diese Muster ergründen.

Lilian, mein Themenguide für `mangelnde Eigenliebe´ zeigt mir eine Situation vor meiner Geburt. Dabei sehe ich meine Mutter und meinen Vater kurz vor meiner Zeugung. Sie haben sich bereits auseinander gelebt und sich nicht mehr viel zu sagen. Mein Vater ist Dirigent in einer Kapelle. An einem lauen Aprilabend 1936 nach einem Konzert fließen Wein und Whisky in rauen Mengen, wie so oft unter Musikern. Als Vater anschließend betrunken zu Hause ankommt, fällt er über meine Mutter her, die vergeblich versucht ihn abzuwehren. Ich spüre deutlich ihre Verzweiflung und ihre Abscheu. Sie hasst ihn, wenn er Alkohol getrunken hat. Er vergewaltigt sie. Im Winter 1936 werde ich geboren.

Dies sind also die Umstände meiner Zeugung. Ich betrachte die Szene mit der gleichen Traurigkeit, die ich während meiner ganzen Jugend empfunden habe. Vieles wird mir jetzt klar. Ich spüre die Abscheu meiner Mutter gegen das Kind in ihrem Leib. Gegen mich. Das Gefühl, nicht willkommen, nicht liebenswert zu sein habe ich mein ganzes Leben mit mir herumgetragen. Durch diese Ablehnung mir selbst gegenüber, entwickelte ich mich von einem eigentlich sehr lebhaften zu einem in sich gekehrten und verschlossenen Kind. Durch meine erste Liebe schaffe ich es dann, mich meiner Umwelt etwas mehr zu öffnen. Doch sobald ich mich in inneren oder äußeren Konflikten befinde, falle ich in mein altes Schema zurück: Ich spreche nur das Nötigste. Mein Gesichtsausdruck wird so abweisend, dass ich damit meine Umwelt einschüchtere. So manipuliere ich die Menschen um mich herum. Ich kann nicht anders: Ich setze diese passive Macht ein, um jeder direkten Auseinandersetzung aus dem Weg zu gehen.

Jetzt im Nachhinein erlebe ich auch den Kummer, den ich meinen Mitmenschen durch dieses Verhalten zugefügt habe. Viele habe ich vor den Kopf gestoßen. Aber das allergrößte Leid, das sehe ich jetzt, habe ich mir selbst zugefügt. Meine Angst schuldig zu sein und abgelehnt zu werden, meine Unfähigkeit in Konfliktsituationen auf Menschen zuzugehen und meine Neigung unangenehme Begebenheiten zu verdrängen, waren die Ursache meiner Krankheit. Symbolischer hätte diese nicht sein können. Vieles in meinem Leben tat ich nur, damit man mich mochte. Ich wollte immer die hässliche Ursula kompensieren. Mein Körper war mit dieser Situation äußerst unzufrieden und produzierte daraufhin fleißig Schleimzellen, aus denen sich dann langsam ein Tumor bildete. Sie okkupierten immer wieder über Jahre unerbittlich meinen Bauchraum. Durch die vielen Chemotherapien wurde dann mein Verdauungsapparat immer brüchiger, was in den letzten Wochen meines Lebens dazu führte, dass die `Scheiße´ förmlich aus mir heraus brach.

Ich spüre eine unglaubliche Wut auf meine Mutter. Ich sehe erneut die Szenen meiner Kindheit, in denen mir meine Mutter ihre Liebe verweigert. Ich spüre nur ihre Ablehnung. „Warum? Warum hast du mich immer so abgelehnt? Ich konnte doch nichts für die Umstände meiner Zeugung", frage ich sie vorwurfsvoll, die jetzt nicht leib- sondern dunsthaftig vor mir steht.

„Ich habe auf dich gewartet", sagt sie zu mir. Sie sieht aus wie damals in ihren besten Jahren. Aber ihr Blick ist trübe. Während ihres Lebens hat sie nie so traurig geschaut. Damals war ihr Blick oft unzufrieden, herrisch und kalt. Erst in späteren Jahren wurde er etwas milder. Aber nie war er so traurig wie jetzt.

„Ich habe immer versucht, Kontakt mit dir aufzunehmen. Aber du konntest mich nicht wahrnehmen. Und in deinen Träumen bist du nicht zu mir gekommen. Ich freue mich, dass wir nun endlich hier miteinander reden können. Ich weiß, was ich dir angetan habe. Es tut mir unendlich leid. Ich habe so sehr auf diesen Moment gewartet... den Moment, in dem ich dich endlich um Vergebung bitten kann. Bitte verzeih mir."

Ich bin zutiefst irritiert. Diese Frau, die da vor mir steht, hat nichts mit meiner Mutter gemeinsam. Erlaubt sich da jemand einen Scherz mit mir? Gibt da jemand vor, meine Mutter zu sein? Denn ich weiß inzwischen, dass die, die schon länger hier und entsprechend geübt sind, ihr Aussehen nach Belieben verändern können.

„Nein Ursula. Ich bin es wirklich", reagiert sie auf meine zweifelnden Gedanken. Ihr Blick ist liebevoll. Als Kind habe ich mir immer eine liebevolle Mutter gewünscht.

„Du hast niemals jemanden um Verzeihung gebeten", wende ich mich verbittert an sie, „am wenigsten mich." Sie nimmt mich in den Arm. Ich bekomme Angst vor den tiefen Gefühlen, die diese Umarmung in mir auslöst. Die gesamte Traurigkeit meiner Kindheit bricht aus mir heraus. Wie oft habe ich mir so eine liebevolle Umarmung gewünscht. Ich spüre Tränen und bin irritiert, fühle jetzt aber ganz deutlich meine Mutter. Und während ich noch darüber nachdenke, ob ich weinen kann, höre ich sie sprechen: „Ich bin hier ein Stück weiter gegangen. In meiner Lebensrückschau habe ich durchlebt, was ich dir und anderen alles angetan habe. Ich habe so vieles falsch gemacht.

Deinen ganzen Schmerz und deine Sehnsüchte, alles habe ich durchlebt. Ich weiß auch, dass ich den Keim für deine ständigen Schuldgefühle gesät habe, aus denen dann soviel Leid und Unrecht für dich und für andere entstanden sind. Damals wollte ich meine Gefühle aussperren aus Angst vor Schmerzen. Ich wollte nichts empfinden. Aber auch ich hatte für mein Verhalten Gründe."

Sie zeigt mir jetzt Begebenheiten aus ihrem Leben, die sie zu dem machten, was und wie sie war. Ich schaue mir alles an und begreife. Tiefes Mitgefühl und Liebe für meine Mutter überkommen mich. Liebe, die im Leben immer ambivalent war. Wir umarmen uns. Dabei durchlebe ich mit ihr noch einmal eine andere Kindheit. Eine Kindheit, wie ich sie mir immer gewünscht habe, mit einer Mutter, wie ich sie mir immer gewünscht habe. Ich bin geborgen, sicher und angenommen. Ein Zustand, den ich in meinem Leben so oft vermisst habe.

Nun erhalte ich auch Einblicke in die jenseitige Planungsphase vor meiner Geburt. Ich erinnere mich an all meine Fixpunkte, die ich mir für mein Leben vorgenommen hatte, an die Gründe, warum ich geboren werden wollte und an die Verabredungen, die ich mit Celine, Lilian und Henry traf. Es beschäftigt mich die Frage, welche von meinen Kernaufgaben und Lernthemen ich tatsächlich umgesetzt habe und aus welchen meiner Fixpunkte ich entsprechende Konsequenzen gezogen habe.

Meine `Guidetruppe´ begleitet mich bei dieser Betrachtung und beruhigt mich, wenn ich in einigen Bereichen zwischen `war´ und `ist´ Differenzen entdecke. Es fällt mir schwer, mich von meinen Selbstvorwürfen freizusprechen und gnädig mit mir zu sein.

„Wir haben hier viel Zeit, Ursula, keiner drängt dich. Du wirst noch viele Möglichkeiten haben, Themen, die du nicht zu deiner Zufriedenheit gelöst hast, noch einmal anzugehen." beruhigt mich Celine.

Das Lernen hört nie auf.

Traumbegegnung

Nachts, wenn sie schläft treffe ich mich sehr häufig mit Sabine. In einer bestimmten Phase des Schlafes ist es, wie ich inzwischen weiß, den Lebenden möglich in ihren Träumen in unsere Dimension zu gelangen und in Kontakt mit uns zu treten. Am nächsten Morgen erinnern sie sich meist nicht mehr daran. Das ist schade, denn wir und die Lebenden haben oft einen sehr regen Austausch miteinander. Viele Ideen, die die Lebenden aus ihrem Unterbewusstsein hervorholen, stammen aus dieser Dimension. Das Unterbewusstsein speichert alles, auch die Reisen in unsere Welt. Aber auch wir erhalten Impulse durch die Gedanken und Gefühle unserer Hinterbliebenen. Sie helfen uns besonders bei unserer Lebensrückschau. Während meines Lebensrückblicks kommt Sabine mich zum ersten Mal besuchen. Um meinen Stabilisationsprozess nicht zu stören, hat Celine bis dahin dafür gesorgt, dass niemand zu mir durchkommt.

Wir umarmen uns ganz fest. „Mutti, ich freue mich so sehr, dich endlich wiederzusehen. Wie geht es dir hier? Du siehst so jung aus."

„Mir geht es wunderbar. Ich bin hier in sehr guten Händen. Meine Krankheiten und Schmerzen sind weg."

„Du bist jetzt völlig schmerzfrei?", fragt mich Sabine ungläubig.

„Ja, seit ich hier angekommen bin."

„Siehst du deswegen so jung aus? Du siehst aus wie damals, als ich noch klein war. Wie ist das möglich?" Sabine schaut mich mit großen Augen an.

„Man hat hier völlige Freiheit in der Wahl seines Erscheinungsbildes. Viele nehmen das Aussehen an, welches sie in ihren besten Lebensjahren hatten. Das war bei mir im Alter um die vierzig, als du acht warst." Zur Demonstration wechsele ich mein Aussehen und stehe als knapp siebzigjährige vor Sabine. Eben so, wie ich etwa ein Jahr vor meinem Tod ausgesehen habe.

"Was machst du?", fragt sie erschrocken und verfolgt ängstlich meine Verwandlung. Klar, das ist sie nicht gewohnt. Ich beruhige sie: „Ich spüre, dass ich dir vertrauter bin, wenn wir da weitermachen, wo wir aufgehört haben", sage ich. Wir gehen eine Weile nebeneinander her und genießen unser Zusammensein. Sabine schaut mich immer wieder an. „Wir gehen hier genauso spazieren wie früher im Leben."

„Möchtest du lieber etwas anderes machen?", frage ich sie. „Wir können uns das hier nämlich aussuchen." Ich merke überrascht, dass ich ein wenig stolz bin. So als hätte ich die Gesetze des Jenseits persönlich erfunden.

„Nein, lass es so. Ich liebe unsere Spaziergänge."

Inzwischen sind wir auf einem lichten Waldweg ankommen.

„Sag mal, darf ich dich was fragen?" Sabine klingt gehemmt.

„Ja natürlich." Ich ahne, was sie auf dem Herzen hat.

„Wolltest du eigentlich gehen?", fragt sie mit leiser Stimme.

„Zuerst nicht. Aber mit jeder Operation habe ich an Kraft verloren, auch wenn man es mir nicht immer angemerkt hat. Ich wurde immer müder. Als ich anfangs erfuhr, dass der Tumor wieder gewachsen war, ahnte ich bereits, dass ich das nicht überleben würde, aber ich sprach mit niemandem darüber. Ich wollte es ja nicht einmal vor mir selbst wahrhaben."

„Aber du warst doch noch oft so voller Lebenswillen. Zumindest hatte ich den Eindruck."

„Ja, das war auch mitunter so. Auf der bewussten Ebene wollte ich nicht gehen. Aber wenn ich ganz tief in mich hinein gehorcht habe, wusste ich, dass meine Zeit auf Erden abgelaufen war. Aber wie gesagt, ich wollte es auch vor mir selbst nicht wahr haben. Aber hätte ich weitergelebt, wäre mein Leben unerträglich geworden. Auch für dich. Ich wollte, dass mich alle als die alte Ursula in Erinnerung behalten. Ich denke, es ist mir gelungen, oder?", ich lächle Sabine spitzbübisch an.

„Ja, allerdings."

„Du weißt ja, welche Angst ich vor den Gebrechen des Alters hatte. Ich sehe jetzt, dass auch diese Angst dazu geführt hat, dass es nicht dazu gekommen ist. Ich ging einfach, bevor ich gebrechlich wurde. Du glaubst nicht, wie viel Einfluss solche Gedanken haben. Wir steuern damit unbewusst unser Leben." Das muss ich ihr unbedingt mit Nachdruck sagen, damit sie es in ihrem Erdenleben spürt und es besser macht als ich es konnte. „Ich habe das erst hier erkannt. Aber, wie du ja siehst, die Existenz geht weiter."

„Wie war eigentlich dein Übergang?", fragt Sabine nach einer kurzen Pause, in der wir schweigend nebeneinander hergegangen sind. Ich weiß, wie neugierig Sabine ist und wundere mich fast ein bisschen, dass sie erst jetzt mit der Frage herausrückt. In ihrer Dimension hat sie sich das ganze letzte Jahr mit diesen Aspekten beschäftigt und zahlreiche Bücher zu diesem Thema gelesen. Also beginne ich die ganze Geschichte zu erzählen: von dem ersten Schwebezustand über dem OP, der Begegnung mit Celine, meiner Reise durch das Licht und meine Angst davor. Ich erzähle von den Möglichkeiten durch Raum und Zeit zu reisen und jede Vorstellung Wirklichkeit werden lassen zu können. Ich verschweige ihr auch die Gefahren und Schwierigkeiten nicht, die damit verbunden sein können. Dann erzähle ich ihr von meinem ersten `Versuch´ mit dem Steak und wir beide lachen so ausgelassen wie zu Erdzeiten. „Das ist ja verrückt!", jappst Sabine, als sie langsam wieder Luft bekommt.

„Ja", antworte ich, „es ist alles ein bisschen verrückt und hört sich vielleicht fremd und seltsam an, aber weißt du, als ich hier ankam, hatte ich das Gefühl nach Hause zu kommen. Das war eigentlich das Verrückteste. Aber es war so und es ist so."

„Du meinst es gibt eigentlich gar keinen Grund zur Besorgnis?"

„Sehe ich besorgt aus?"

„Nein, eigentlich nicht."

„Bist du oft bei mir?", fragt Sabine und sie beginnt traurig auszusehen. Ich spüre, dass sie sich langsam zurückzieht, um in ihrer Welt wieder aufzuwachen. „Ja, mein Liebes", gebe ich ihr noch mit auf den Weg. Ihre Stimme wird nun schwächer und Worte und Sätze undeutlicher. Ihre Gestalt beginnt sich in eine weiche Farbigkeit aufzulösen und verliert sich schließlich in den zartgrünen Büschen am Wegesrand, in rosaroten Oleanderblüten und einem hellblauen Frühlingshimmel.

Erinnerungen

Sabine wachte auf und rieb sich ihren eingeschlafenen Arm. Sie stand auf und blickte zum Fenster hinaus in die helle Vollmondnacht, während sie ihren kribbelnden Arm bewegte. Dann legte sie sich wieder hin und versuchte krampfhaft in den letzten Traum zurückzugleiten. Aber es gelang ihr nicht. Sie hatte von ihrer Mutter geträumt. Von einem gemeinsamen Spaziergang. Sie fing an zu weinen. An Schlaf war nicht mehr zu denken und so ging sie, leise auf Zehenspitzen, um Paul nicht zu wecken, durch das dunkle Treppenhaus, hinunter in den Keller.

Ein Jahr war inzwischen seit dem Tod von Ursula vergangen. Die Trauer stürzte sie immer wieder in tiefe Verzweiflung, auch wenn die Abstände mit fortschreitender Zeit immer größer wurden. Die Eigentumswohnung ihrer Mutter hatte sie inzwischen aufgelöst und verkauft. Es war ein sehr schmerzhafter Prozess gewesen. Hier im Keller ihres Hauses hatte sie gemeinsam mit Paul ein Zimmer eingerichtet, das ihrer Mutter gewidmet war. Die Wände waren gelb gestrichen und Ursulas Möbel, mit denen Sabine aufgewachsen war, hatten ihr neues Zuhause gefunden. Der alte Esstisch, an dem sie schon als Kind mit ihrer Mutter gegessen hatte, stand hier und erinnerte sie an die vielen Feste und Einladungen, an Gäste, an Freunde, an Nachbarn und an Begegnungen. Es war ein Tisch voller Geschichten.

Sie zündete zwei Teelichter an, setzte sich in den Korbsessel, den sie am Esstisch platziert hatte und knipste eine kleine Lampe an, die den Raum in warmes Licht hüllte. Lange schaute sie auf die weiße Schrankwand, die sie, wie der Esstisch auch, schon seit Kindheitstagen begleitete. Ihr Blick fiel auf einen kleinen tellergroßen Standspiegel, den ihr Vater ihrer Mutter damals zur Verlobung geschenkt hatte. Der Rand war verziert mit kleinen echt silbernen Rosen, mit einem türkisen Stein in der Mitte. Sie konnte sich noch genau daran erinnern, wie ihr als Kind dieser Spiegel auf den Steinfußboden des Badeszimmers gefallen und zerbrochen war. Ursula wurde furchtbar wütend. Aber es gelang ihrer Mutter den Spiegel zu ersetzen und der silberne Rosenkranz war zum Glück unbeschädigt geblieben. Im nächsten Fach der Schrankwand stand eine kleine silberne Spieluhr. Sabine stand auf, nahm sie aus dem Regal und stellte sie vor sich auf den Esstisch. Um sie aufzuziehen, drehte sie an dem kleinen Hebel. Die Melodie von `Dr. Schiwago´ erklang. Ihre Augen füllten sich mit Tränen. Oft hatte sie als junges Mädchen diese Spieluhr zum Erklingen gebracht. Sie stellte sie wieder zurück ins Regal, neben einer Vase, die Sabine und ihre Mutter von einem gemeinsamen Urlaub aus Andalusien mitgebracht hatten. Sabine war damals gerade sechzehn geworden und es war ein wunderschöner Urlaub gewesen. Nicht wie Mutter und Tochter, sondern wie zwei Freundinnen hatten sie ihn verbracht. Sie erfreuten sich an den gleichen Dingen, gingen gemeinsam Einkaufen, ins Cafe oder am Meer spazieren. Sabine hatte ihre Mutter ins Vertrauen gezogen, welche Jungs sie nett fand. Die Verehrer, die mit Sabine ausgehen wollten, waren alle schon deutlich älter und so bestand Ursula darauf ihre Tochter zu begleiten. Nach anfänglicher Enttäuschung nahmen die jungen Männer die Situation mit Gelassenheit hin. Ein junger Spanier beispielsweise, führte sie beide in einen privaten Tanzclub aus, der zu diesem Zeitpunkt nicht gut besucht war. Er war im Laufe des Abends auf der Sitzbank eingeschlafen, während Ursula und Sabine sich prächtig amüsierten. Noch Jahre nachher erzählten sie sich lachend die Geschichte. Als sich Sabine jetzt an den Urlaub zurückerinnerte, konnte sie trotz ihrer Traurigkeit lächeln.

Dann wanderte ihr Blick von der Vase zu dem Regal neben ihr, welches früher in der Küche ihrer Mutter gestanden hatte. Es war jetzt mit Ursulas Fotoalben gefüllt. Sie nahm sich eines zur Hand. Es war aus den sechziger Jahren und hatte einen gelben Stoffbezug. Als sie das Album aufschlug, stieg ihr der staubige Geruch des Alters in die Nase. Sabine mochte den Geruch. Auf einem Foto war Ursula als kleines Kind zu sehen. Auf den Armen ihrer Mutter schaute sie mit großen Augen melancholisch in die Kamera. Sabines Großmutter, wirkte auf diesem Foto sehr groß. Sie war eine stämmige Frau gewesen, die zupacken konnte. Ihr Mund lächelte, aber ihre Augen blickten kalt. Sabine war immer wieder erstaunt, wie unsympathisch sie ihre Großmutter auf den alten Fotos fand. Im Gegensatz zu ihrer Mutter hatte Sabine immer ein sehr gutes Verhältnis zu ihrer Oma gehabt. Sie war sehr traurig gewesen, als sie dann im

Alter von vierundachtzig Jahren starb. Sabine war damals neunzehn Jahre gewesen. Aber als sie ihre Oma jetzt auf diesem Foto betrachtete, konnte sie sich sehr gut vorstellen, dass Ursula als Kind oft Angst vor ihrer Mutter gehabt hatte. Auf der nächsten Seite war ein kleines Haus an einem See abgebildet. Es sah aus wie ein Ferienhaus. Von der Veranda führte eine Treppe in den Garten, der sich bis an das mit Gräsern bewachsene Seeufer erstreckte. Eine Gruppe von Erwachsenen saß um einen Tisch auf der sonnenbeschienen Veranda und trank entspannt Kaffee. Ursula, noch ein junges Mädchen von etwa zehn Jahren, hockte vergnügt auf einer Bank neben ihrer Schwester. Dies muss das Kullhaus von Tante Jettchen gewesen sein, dachte Sabine bei sich. Tante Jettchen war die Schwester ihrer Oma gewesen, also Ursulas Tante und Sabines Großtante. Ihre Mutter war während des Krieges oft dort gewesen. Einmal hatte sie Sabine gesagt, dass mit diesem Haus ihre schönsten Kindheitserinnerungen verbunden waren. Während Sabines Besuche bei ihrer Mutter waren sie öfters zu dem See gefahren. Ursula hatte ihr dann gezeigt, wo das Haus gestanden hatte. Inzwischen war es jedoch abgerissen worden.

Als Sabine weiterblätterte, verweilte ihr Blick auf einem Bild, dass ihre Mutter als herangewachsene Frau in den Armen eines jungen Mannes zeigte und an dessen Seite sie offensichtlich aufgeblüht war. Ein glückliches Lächeln ließ ihre schönen Zähne erstrahlen und ihre Melancholie war einem freudigen unternehmungslustigen Glanz ihrer Augen gewichen.

Sabine blätterte das ganze Album durch. Danach nahm sie das nächste aus dem Regal. So blieb sie bis zum Morgengrauen im Keller. Sie schaute alle Alben an, die Ursula ihr hinterlassen hatte. Sie bebilderten den Lebensweg ihrer Mutter, die Höhen und Tiefen, schöne wie schreckliche Momente, Lustiges und Tragisches. Sie erlebte die Urlaubsreisen ihrer Eltern mit, als sie noch nicht geboren worden war. Sie mussten meist ein sehr glückliches Paar gewesen sein. Ab dem vierten Album begann dann auch ihre eigene Geschichte. Als Baby, dann als glückliches kleines Mädchen bei ihren Eltern, bevor sie als Vierjährige nach der Scheidung mit ihrer Mutter alleine in eine Wohnung gezogen war. Bis zum zehnten Album sah sie sich dann selbst langsam zur erwachsenen Frau heranreifen.

Dabei dachte Sabine viel über ihre Mutter, über sich selbst und über ihre gemeinsame Beziehung nach. Während sie sich die Fotos ansah, hatte sie das Gefühl, alle dort gezeigten Momente noch einmal zu erleben. Alles nahm wieder Gestalt an. Sie betrieb eine Art Rückschau auf ihr eigenes und das gemeinsame Leben mit ihrer Mutter. Als Ursula noch lebte, war es mitunter schwierig gewesen, über ihre gemeinsame Beziehung zu sprechen. Sabine hatte immer wieder Versuche gestartet. Aber Ursula hatte meist aggressiv oder abweisend reagiert. Was Sabine während des Lebens ihrer Mutter nicht gelungen war, holte sie jetzt nach. Sie hielt Zwiesprache mit ihr und war davon überzeugt, von Ursula gehört und verstanden zu werden. Als sie sich in der Morgendämmerung wieder ins Bett legte, fühlte sie sich etwas besser.

Angekommen

Ich bin sehr häufig bei Sabine. Immer wenn sie an mich denkt und sich zu mir `hinfühlt´, kommen ihre Gedanken- und Gefühlsströme in Form von Energiewellen bei mir an. In der letzten Zeit denkt sie viel über unsere gemeinsame Beziehung nach. Die Erkenntnisse, die ich wiederum meinerseits dadurch gewinne, fördern mich in meiner Weiterentwicklung, auch wenn es manchmal sehr schmerzhaft ist. Aber Erkenntnisse sind ja auch nicht immer dazu da, schön zu sein. Wenn Sabine schläft, kommt sie mich regelmäßig in ihren Träumen besuchen. Wir unternehmen dann Spaziergänge und reflektieren über unser gemeinsames Leben. Etwas, was mir innerhalb meines letzten Lebens sehr schwer gefallen ist, geht hier jetzt mühelos.

Auch anderen mir nahe stehenden Menschen statte ich häufig einen Besuch ab. Wenn sie an mich denken, spüre ich das sofort. Das funktioniert ähnlich wie bei einem Telefon. Durch ihre Gefühlsintensitäten `rufen´ sie im übertragenen Sinne bei mir an – und ich hebe den Hörer ab und bin bei ihnen. Einige kommen auch in ihren Träumen zu mir. So konnte ich noch vieles mit Wolfgang klären. Ich spüre, dass er viel über uns und unsere Beziehung nachdenkt. Seine Erkenntnisse dringen zu mir durch und helfen mir auch hier bei meiner Verarbeitung weiter. Ich stelle fest, dass wir zwei eng miteinander verbundene Seelen sind. Weil wir schon in vergangenen Leben Schwierigkeiten miteinander hatten, verabredeten wir uns für dieses Leben, um endlich zu einer Lösung zu kommen. Sabine erklärte sich bei der Planung bereit, uns in der Rolle als Tochter zu helfen. Trotz all unserer Bemühungen werden Wolfgang und ich wohl noch eine weitere Runde auf der Erde gemeinsam zu drehen haben.

Bei meiner Schwester bin ich besonders häufig. Nach meinem Tod ist sie in tiefe Depressionen gefallen. Ich war für sie wie ein Kind. Sie versucht sich abzulenken, aber es gelingt ihr nicht. Mich macht das sehr traurig, obwohl ich jetzt mit den Emotionen meiner Lieben viel besser klarkomme, als bei meiner Ankunft. Ich versuche ihr eine Ahnung davon zu übermitteln, dass ich immer noch bei ihr bin und weiterlebe, wenn auch in anderer Form. Leider ist sie meist nicht offen dafür. Sie glaubt, dass ich einfach nicht mehr bin und dass nach dem Tod alles zu Ende ist. Das erschwert mir den Zugang zu ihr. In ihren Träumen ist es etwas leichter, da dann ihr rationaler Verstand für eine kleine Weile ausgeschaltet ist.

Inzwischen bin ich viel geübter im Kreieren meiner Umgebung.

Manchmal sitzen Sabine und ich in meiner ehemaligen Wohnung oder auch in dem Haus meiner Schwester im Schwarzwald, welches wir beide so sehr liebten. Es ist wunderbar, wie ich alles, was mir auf der Erde lieb war, hier reproduzieren kann. Sabine genießt diese Zeit sehr. Schade nur, dass sie am nächsten Morgen in der Regel nichts mehr davon weiß und wenn doch, dann nur sehr schemenhaft. Es bleibt dann ein merkwürdiges Gefühl beim Aufwachen zurück, das aber mit zunehmender Verankerung in ihrer Welt auch wieder verschwindet. Aber das macht nichts, denn unsere Treffen finden in ihrer Zeitdimension sehr häufig statt. Ich helfe ihr auch bei der Verarbeitung meines Todes, indem ich sie einfach loslasse und trotzdem immer für sie da bin. Denn die Toten müssen die Lebenden loslassen und die Lebenden die Toten. Das habe ich hier gelernt. Ich möchte, dass sie ein erfülltes und glückliches Leben lebt und nicht vor Trauer handlungsunfähig ist.

Auf unser Wiedersehen freue ich mich schon sehr. Das wird in ihrer Zeitvorstellung noch etwas dauern. Da aber Zeit für mich keine Bedeutung mehr hat, wird sie für meine Begriffe schon bald hier sein.

Mehr und mehr bin ich hier zu Hause. Neben meiner Lebensrückschau gehe ich auch anderen Tätigkeiten nach. Es wäre einfach zu anstrengend, sich in einem fort mit der

Vergangenheit zu beschäftigen. Wenn ich gerade mal wieder eine Pause benötige, kreiere ich neue Häuser und Wohnungen. Das macht mir zurzeit am meisten Spaß. Schon in meinem Leben hatte ich immer große Freude daran, Räume schön zu gestalten. Auf Erden fehlten mir oft die finanziellen Mittel. Aber das ist hier ja kein Problem. Nur mangelndes Vorstellungsvermögen wäre ein Hindernis. Wenn ich das Bedürfnis nach Austausch verspüre, treffe ich neben Celine, Henry und Lilian auch andere vertraute Seelen. Wir veranstalten Feste, tanzen, plaudern, gehen spazieren, ganz wonach uns gerade ist. Hier ist ja alles möglich.

Es gibt auch Fortbildungsstätten, die den Universitäten auf der Erde sehr ähnlich sind, an denen man sich weiterbilden kann. Zurzeit nehme ich an Veranstaltungen in Kunstgeschichte und Architektur teil. Schon in meinem Leben haben mich diese Gebiete sehr interessiert. Ich bin aber nie dazu gekommen, dem nachzugehen. Hier habe ich endlich Zeit dazu. Ich trage mich mit dem Gedanken, selbst Unterricht im Zeichnen zu geben, da ich das sehr gut kann. Allerdings entdecke ich an mir auch Begabungen und Fähigkeiten, die ich im letzten Leben nicht ausgelebt habe, wie beispielsweise meine Neigung zur Mathematik. Das ist sehr interessant, da ich Mathematik immer gehasst habe, zumindest als Ursula. Aber ich bin jetzt dahinter gekommen, dass ich diese Fähigkeit schon in vielen meiner vorherigen Leben ausgelebt habe. So hatte ich mir für dieses Leben vorgenommen, diese Neigung zu ignorieren und mich stattdessen meinem kreativen Potenzial zu widmen. Zumindest dies ist mir gelungen.

Meine vergangenen Leben treten nun mehr und mehr aus der Vergessenheit in mein Bewusstsein. Vor allem die, die ich mit Lilian und Henry erlebt habe. Aber auch viele andere mir nahe stehende Seelen begegnen mir. Die Erfahrungen und die daraus resultierenden Einsichten sind sehr intensiv und bereichernd für mich. All meine Fähigkeiten, die ich eigentlich habe, werden deutlich. Fähigkeiten, die ich in meinem Leben als Ursula genutzt habe, und Fähigkeiten, die ich nicht genutzt habe. Ich nehme mich jetzt immer mehr als das wahr, was ich eigentlich bin: eine große Wesenheit, von der Ursula nur ein Teil ist. Das ist beglückend, denn ich habe jetzt das Gefühl ganz zu sein, wirklich ganz zu sein.

Celine ist immer noch für mich da, wenn ich Fragen habe. Aber sie und ich sind jetzt der Meinung, dass ich mich inzwischen ganz gut hier eingelebt habe und ihre Hilfe kaum noch benötige. Ihr ist es ganz recht, weil sie sich so vermehrt neuen Aufgaben widmen kann. Sie zieht es nämlich doch in Erwägung, wieder für eine Runde auf die Erde zu gehen. Sie will noch einige Erfahrungen sammeln, für die sich die Erde als Lernort einfach am besten eignet. Zurzeit befindet sie sich in der Phase der Grobplanung. Sie hat mich schon gefragt, ob ich nicht mitkommen will. Aber ich möchte noch ein Weilchen hier bleiben und auf Sabine warten. Mal schauen, was sie dann nach ihrem Tod noch so vorhat.

Danksagungen

Folgenden Menschen möchte ich von ganzem Herzen danken: Meiner Mutter, die mir in diesem Leben eine liebevolle Mutter, Wegbegleiterin und Freundin war und deren schmerzhafter Tod mich zum Schreiben dieses Buches inspiriert hat. Meiner Freundin und Lektorin, der Literaturwissenschaftlerin und ehemaligen Verlags-inhaberin Nadja Bentz, ohne deren professionelle Begleitung, Humor und Geduld dieses Buch in dieser Form niemals zustande gekommen wäre. Den vielen Testlesern, die mir wertvolle Hinweise und Tipps gaben, die größtenteils in diese Lektüre mit eingeflossen sind. Und vor allem meinen Ehemann Helmut, der immer treu hinter mir steht. Für seine Unterstützung, Begleitung und seine wertvollen Anregungen und Auseinandersetzungen mit dieser Thematik, danke ich ihm von Herzen.

Dieses Buch wäre ohne die Hilfe dieser vielen lieben Menschen nicht zustande gekommen!